Les pieds dans le plat

Michel Serrault

Les pieds
dans le plat

Journal 2003-2004

ÉDITIONS

ISBN : 2-915056-07-2

© Oh! éditions, 2004

AVANT-PROPOS

Je ne suis pas un écrivain, encore moins un philosophe ou un moraliste, tout au plus un comédien un peu perdu, parfois, dans ce siècle tourmenté. Les journalistes me demandent souvent ce que je pense de tel ou tel événement qui surgit dans l'actualité. Une pirouette me sert presque toujours de réponse. Pourquoi se prononcer ou pousser un cri ? À quoi bon exprimer une opinion définitive sur un sujet changeant quand on n'a pas le pouvoir de modifier le cours des choses ? Mais l'année dernière, j'ai éprouvé le besoin de fixer un peu mes idées. Depuis décembre 2002, je note, sur des feuilles volantes, tout ce qui me passe par la tête, à la faveur d'une rencontre, d'une émission de télévision, d'une pièce de théâtre, d'une déclaration de George Bush au journal télévisé ou d'une apparition du Pape au balcon du Vatican. On trouvera dans ce journal ce qui me réjouit et m'agace, ceux que j'admire depuis toujours et ceux que je déteste provisoirement, des gens célèbres ou des inconnus, des commerçants de mon quartier, des moines perdus dans leur thébaïde et des metteurs en scène plus ou moins inspirés. Dans mon métier de comédien, je prétends que la «présence», indéfinissable, est déterminante. Sur scène, je veux que mon cœur pénètre au fond des âmes. Ce ne sont pas les mots qui comptent mais l'intention derrière les mots. Mon métier est un métier de croyance et de foi. Comment expliquer le mystère du comédien puisque ce qu'il fait de mieux, souvent, lui échappe ?

Il en va de même dans ce journal : beaucoup de remarques, de pensées, de critiques, d'applaudissements aussi, se sont échappés sur le papier et je ne les ai pas censurés. Me jugera-t-on avec indulgence ? Je l'espère, car c'est avec sincérité et une bonne foi très relative que je réponds aux événements quotidiens, heureux ou malheureux, cocasses ou inattendus, qui s'offrent à mon regard de comédien et à mon cœur de chrétien.

Mettre «les pieds dans le plat» a deux sens très voisins d'après les dictionnaires. Soit commettre involontairement un impair, soit faire exprès de susciter un effet de scandale ou de mettre ses interlocuteurs dans l'embarras en les atteignant ouvertement. Je ne sais plus ce qui relève de l'impair, dans les pages qui suivent, ou de l'attaque volontaire. À moins que l'ensemble n'ait échappé à mon raisonnement sous le coup de l'émotion, de la colère, d'un éclat de rire ou de l'émerveillement.

Bonne lecture !

Michel SERRAULT

27 décembre 2002

Le Papillon est sorti juste avant Noël dans les salles. Ce film m'a fait pleurer... Comment va-t-il survivre dans cette période difficile, sans grande publicité, sans affiches, avec une avant-première ratée ? Les films américains vont tout bouffer. Pourtant, c'est une belle histoire, bien faite, toute en sensibilité, qui devrait toucher les gens. Inch Allah...

★★★

Je fais un peu figure d'original chez les acteurs. On me téléphone ce matin pour me demander ce que je pense du Pape, particulière-ment fatigué, avant-hier, à la télévision pour sa messe de Noël. J'ai tellement dit que je suis croyant, pratiquant — quand je peux — qu'on m'imagine sans doute en ligne directe avec lui. Comme si nous étions de la même famille. Mon interlocuteur, au téléphone, sceptique de nature, a trouvé Jean-Paul II « pathétique », « diminué », et me demande s'il n'y a pas un peu de « coquetterie » de sa part à vouloir à tout prix se maintenir. Je ne crois pas. Bien sûr qu'il me touche, ce pape, épuisé, douloureux, dont le visage ne peut plus dissimuler les souffrances de la maladie. Et cette main qui tremble. Et cette voiture roulante qui le transporte maintenant dans la nef de la basilique Saint-Pierre de Rome.

Mais je l'admire encore plus, moi, de rester debout dans son naufrage. C'est une leçon de vie ! Il y a tellement de gens qui abandonnent tout, qui perdent espoir, qui larguent les amarres. C'est un exemple, ce pape. Une revanche. La plupart des mecs, aujourd'hui, vont se reposer à cinquante-cinq ans. À cinquante ans, déjà, on les sent fatigués. Lui, il tient debout. C'est difficile. C'est un combat qu'il mène. Il nous dit : vous non plus, n'abandonnez pas, tenez bon, gardez espoir ! Quelle belle leçon pour tous ceux qui souffrent, encore plus malades que lui, les grands vieillards, les incurables dans les hôpitaux, les accidentés de la route. Gardez espoir. Regardez. On peut tenir encore un peu.

D'ailleurs, hier, j'ai demandé à mon médecin : ai-je le droit d'être fatigué à soixante-quinze ans ?

28 décembre 2002

Les journaux sont pleins, ce matin, des déclarations de Jean-Paul II sur la guerre possible en Irak. Preuve de l'utilité du Pape. Preuve qu'il fait bien de rester, de ne pas démissionner. Son message est fort : non à la guerre préventive ! Oui, il a encore des choses à dire. Le cerveau est intact, c'est le principal.

Pour ma part, c'est pareil. Tant que je pourrai faire mes conneries, je les ferai. Toutes proportions gardées !...

29 décembre 2002

Les hommes politiques se succèdent à la télé pour présenter leurs vœux. Que peuvent-ils sur le cours des choses ? A-t-on seulement encore de grandes figures en politique ? Rien de comparable au Pape, en tout cas. On a l'impression qu'ils sont de passage, pour tenir la boutique pendant quelques mois. Sarkozy l'a dit l'autre jour : «*Je suis de passage pour quelque temps, on va réformer.* » Ils sont en tournée en somme. Ils font des galas et ils s'en vont.

J'ai reçu les vœux personnels des époux Sarkozy. Ils me félicitent pour ma décoration, le « Mérite » je crois. « *Vous faites partie des meilleurs…* », m'écrient-ils. Je ne comprends pas cette restriction !

Décoration, toujours. C'est le privilège de mon âge. Elles tombent de partout. Le pire, c'est que ça m'amuse. Je me demande même si je n'en suis pas un peu fier. Me voilà officier de la Légion d'honneur. Ça devrait en emmerder quelques-uns.

30 décembre 2002

Festival Jacques Tati à la télévision : je ne comprends pas les éloges extraordinaires autour de cet artiste. Les journaux en sont pleins ces jours-ci. Il faut aimer Tati. On vous le dit. On vous l'assure. La musique qui commençait le film hier soir était bien. Mais je n'ai rien compris au reste. On attend quelque chose, une logique, un effet, une trame… rien ne vient. Je crois que c'était *Mon oncle*. Chiant au possible. Je me suis endormi. Mais a-t-on le droit de le dire ?

31 décembre 2002

On me souhaite une bonne année par téléphone. Que faut-il vous souhaiter ? Je réponds sans hésiter : La révolution ! Mais je ne suis pas dupe, elle ne viendra pas. Ni sursaut, ni rien. Les gens aiment bien Raffarin, par exemple. C'est amusant. Il est bonhomme, il est diplomate, courtois. Il choisit son vocabulaire. Il n'est pas antipathique. Mais j'ai un peu l'impression qu'il tient la boutique avant la fermeture. Il me semble que Jacques Chirac, Jean-Pierre Raffarin, Nicolas Sarkozy, bref, tous ces puissants, habiles, ambitieux, souvent cordiaux dans leurs relations avec moi, ne vont pas au bout de leur démarche. Ils devraient me consulter plus souvent. Je suis à leur disposition, quoique très occupé, mais toujours prêt pour aider la République. Il devrait y avoir à l'Élysée des chambres d'hôtes où les citoyens ordinaires pourraient venir régulièrement conseiller le chef de l'État, partager un dîner avec lui, passer une nuit ou deux. Beaucoup de gens sont prêts à participer, j'en suis certain. Le Président aurait ainsi régulièrement l'opinion et les conseils de la base, des interlocuteurs valables d'origine populaire. Quand on débat avec sa femme, dans sa cuisine, aucun projet n'aboutit vraiment. Pourtant, que d'idées géniales, pour gouverner, peuvent émaner d'un Français moyen comme moi. Enfin, en plus de ce travail positif au service de la nation, je ne suis pas hostile, non plus, à l'idée de déposer une gerbe sous l'Arc de Triomphe, quand ce sera nécessaire. Rendre service est ma vocation. Et je ne suis pas plus bête qu'un autre.

1ᵉʳ *janvier 2003*

J'ai fait réparer et accorder le piano pour ma petite-fille, Gwendoline. Elle m'épate. C'est beau de l'entendre jouer, simplement, dans le salon. Elle a tous les talents. Elle parle aussi l'anglais couramment. Impressionnant. Bref, je suis ébloui. Si j'avais parlé l'anglais comme elle à son âge, j'aurais peut-être fait une carrière... Enfin, l'année commence bien.

2 *janvier 2003*

Jean-Pierre Mocky me téléphone pour participer à son prochain film. Je connais à peine l'histoire, tout juste le lieu du tournage, mais il faut d'urgence essayer le costume. Je ne sais même pas ce que je dois faire dans ce film. Il est fou, comme d'habitude. J'accepte tout de suite, évidemment.

3 janvier 2003

Le festival Jacques Tati continue à la télévision. Rectification : il y a tout de même des moments d'anthologie dans ses films. Hier soir, je regarde *Play time*. L'histoire est plus proche de nous. Il a progressé. Son cinéma a évolué depuis les premiers films diffusés chronologiquement pendant les fêtes. Dans *Play time*, il est seulement metteur en scène et il est bien meilleur auteur qu'acteur. Les comédiens sont bien dirigés. Les idées visuelles sont bonnes, percutantes, originales. Comme quoi, ne soyons pas systématiques. Peu de comiques me font rire. Mais quand c'est drôle, il faut le dire.

4 janvier 2003

Quand Mocky disparaîtra, il n'y aura plus d'artistes aussi dingues que lui. Il n'y aura plus que des marchands. Ce vent de folie est irremplaçable. Est-ce que les prétendus « ratés » n'ont pas aussi de grandes choses à dire ? D'ailleurs il n'est pas si fou que cela. Il a tourné avec Bourvil, Barrault, Jean Tissier, Francis Blanche. On a tout de même fait de bons films ensemble : *À mort l'arbitre*, *Le Miraculé*... Et Jacques Villeret accepte aussi de tourner le prochain avec moi. Rien n'est prévu. L'histoire est approximative. Les lieux de tournage toujours pas fixés. Le costume n'est pas très bien. A-t-il trouvé finalement le financement ? Tant pis, on tourne lundi prochain. Et on fera un grand film.

★★★

On me réveille à 4 heures du matin. On sonne à la porte. Ma fille et ma petite-fille ne sont pas là. J'ai un sursaut d'angoisse : leur est-il arrivé quelque chose ? La sonnerie retentit à nouveau. Je vais à l'interphone. « *C'est la Mairie de Paris qui vous souhaite une bonne année !* » Ils éclatent de rire. Les cons, ils m'ont fait peur.

5 janvier 2003

On ne parle que de clonage partout. Je ne sais pas ce que cela veut dire. Ma boulangère, qui multiplie les pains, m'explique que l'on pourra fabriquer des doubles autant qu'on en veut à partir de cellules humaines savamment mélangées. « *Ce sera l'éternité, monsieur Serrault. Grâce au clonage, on vivra tous plusieurs vies…* » Hélas !…

Mon instinct de paysan, moi qui suis un

enfant des « fortifs », me dit que c'est une escroquerie, j'attends de voir cet être humain répliqué à l'infini qu'une secte met en scène à grand fracas. À supposer que tout cela soit vrai, à quoi sert le clonage ? Nous sommes tous immortels. Nous allons tous vivre éternellement. On est parti depuis notre naissance pour l'éternité ! J'en suis persuadé... Je ne comprends pas l'affolement général autour de la mort. On va roter un peu fort, une dernière fois, et hop, le grand voyage... Pour cela aussi, c'est bien d'être chrétien.

6 janvier 2003

Le président des États-Unis, M. Bush, veut régler son compte à Saddam Hussein. Il n'a que le mot « guerre » à la bouche. Il ne suscite pas l'enthousiasme général, y compris en Amérique, mais il ne se décourage pas. Au même moment, la Corée du Nord annonce qu'elle veut reprendre sa liberté en matière d'énergie nucléaire. C'est une véritable menace pour l'Amérique, paraît-il. Il se trouve tout de même un collaborateur de M. Bush pour annoncer publiquement que « *les États-Unis sont tout à fait capables de mener deux guerres en même temps !* ». Nous voilà rassurés...

De toute façon, la terre aura explosé avant. Entre le clonage et George Bush, la Corée et Saddam Hussein, les marées noires et les fléaux un peu partout, j'ai le sentiment qu'il va y avoir un branle-bas de combat terrible. Tout va péter. Dieu va repartir de zéro. «*Je vous demande pardon, je me suis trompé, je n'ai pas consacré assez de temps à la fabrication des humains, je recommence.*» Si Claude Berri lit cela, il va en faire un film.

★★★

Pour couronner le tout, je regarde «Défi de star» à la télévision. Un faux cirque en carton-pâte. On demande à des présentateurs de télé et autres «stars» du show-biz de présenter des numéros de cirque aux côtés de vrais professionnels de la piste, effarés de l'indigence du spectacle. Le décor est immonde. Les «vedettes», nulles, ne se donnent même pas la peine de travailler leur numéro. Et le public tape dans les mains comme des imbéciles. Le mauvais goût transpire de partout. Que la télévision, parfois, touche le fond, soit. Mais qu'elle ne touche pas au cirque.

7 janvier 2003

On me téléphone les chiffres d'entrées du film *Le Papillon*. Il est en tête des films français cette semaine. Une évolution de 71 % de plus que la semaine précédente. On fera sûrement un million d'entrées, me disent les producteurs, ce qui n'est pas mal dans un univers dominé par le cinéma américain, pour un film sans prétention, sans cascades, sans effets spéciaux. Le bouche à oreille est paraît-il très bon, surtout en province. Comme *Le bonheur est dans le pré*, *Les Enfants du marais*, l'*Hirondelle*, ce *Papillon* est en train de faire la preuve qu'il y a un public important en France pour un cinéma différent. Tout n'est pas perdu ici-bas.

8 janvier 2003

J'entends à la radio l'annonce d'un reportage sur une école de cirque qui forme de nouveaux clowns. J'enrage... Comment peut-on enseigner l'art de faire rire à l'école ? On se moque du monde. On peut enseigner le trapèze, la jonglerie ou le funambulisme, mais le rire ? Imagine-t-on Bourvil, de Funès ou Fernandel à l'école du rire ? Il faut d'abord accepter l'idée qu'il y a souvent un don au départ de toute vocation artistique. Un don, une nature, une présence. C'est un peu mystique, tout cela, mais c'est vrai. Le peintre, le sculpteur, le pianiste ont tous beaucoup travaillé, c'est certain, mais ils ont travaillé leur don. N'essayons pas de faire croire le contraire, d'imaginer que nous sommes tous égaux devant l'art. Que ce soit la peinture ou l'art clownesque ! Le don est là. Visible. Imposant. Grock, par exemple, a eu envie de suivre un cirque à l'âge de six ans. Il appartenait par chance à une famille de musiciens. Personne ne lui a enseigné l'art du clown. Les Fratellini, eux non plus, ne sont pas allés à l'école du rire. Ils auraient déstabilisé les profs ! Ni Charlie Chaplin, ni Laurel et Hardy, ni Buster Keaton n'ont suivi de cours de « comique ». On ne peut pas tout falsifier. La prétention et parfois la cupidité de ceux qui prétendent tout enseigner me révoltent.

11 janvier 2003

Grâce à des relations que j'entretiens fidèlement, il m'arrive souvent de prendre mes repas à l'Élysée. Disons-le tout net : la nourriture est un peu gâchée là-bas. Il y a des restes, et souvent en grande quantité. Il faut y aller le matin très tôt pour être certain d'être bien servi dans la profusion de victuailles rescapées des dîners officiels du Président. Vous arrivez discrètement avec une gamelle ou des petites boîtes en plastique, et ils remplissent tout ce qui se présente généreusement. C'est une adresse à connaître et à ne pas révéler. Pour y accéder, ne pas prendre la porte principale, rue du Faubourg-Saint-Honoré, mais une petite rue, derrière, sur laquelle donnent les cuisines. Vous trouverez là une petite entrée de service qui sent bon la friture. Quelques principes simples à respecter : ne jamais s'y rendre le samedi matin, car le vendredi, l'Élysée fait maigre, et le poisson frais ne tient pas quarante-huit heures. Inutile non plus d'y aller le lendemain du 14 Juillet. Les grandes réceptions sont moins soignées que les petites et il ne reste plus rien à manger quand les invités de la garden-party sont passés par là. Ma femme et moi n'abusons pas de cette formule mais en fin de mois, quand les difficultés se font sentir, il est toujours pratique de pouvoir compter sur les cuisines de l'Élysée. C'est une façon de faire des économies sans trop modifier son train de vie.

15 janvier 2003

Il répond aux journalistes, insatiables. Il traite avec les inspecteurs du fisc, qui donnent régulièrement de leurs nouvelles. Il parle avec les banquiers, que je connais à peine. Il négocie avec l'intraitable guichetière de la Sécurité sociale qui, pourtant, m'admire «énormément». Il prend des rendez-vous chez le médecin. Peut-être même, par excès de zèle, subit-il les consultations à ma place. Il me rappelle mon numéro de téléphone que j'ai déjà oublié. Mon adresse, même, quand, après le théâtre, je ne sais plus chez qui rentrer. Il discute, avec violence parfois, avec des producteurs de tous les pays dans toutes les langues. Il incendie, à ma place, les metteurs en scène imbéciles. Il menace, sans toujours y mettre les formes, les goujats de plus en plus nombreux dans ce métier qui pourraient me manquer de respect. Il prévient les réalisateurs d'émissions de télévision : «*Michel ne fera pas cela*», et ment honteusement, à ma demande, aux emmerdeurs patentés : «*Michel aurait été très heureux d'être parmi vous, hélas, il est en voyage au Cameroun.*» Il se met en colère à ma place pour m'éviter d'interminables brouilles inutiles. Il arrange, dans le même temps, les rendez-vous de chantier et les conciliabules avec les architectes. On le dit parfois dur en affaires et difficile en négociations alors qu'il reflète l'intransigeance de mon caractère qu'il protège affectueusement. Il est probablement plus diplomate que moi. Sans lui, je me serais emporté des centaines de fois contre les margoulins ou les incultes que la vie de comédien oblige à croiser, parfois même à fréquenter. D'ailleurs, je ne vais pratiquement plus aux rendez-vous nécessaires à mon activité. Il assure. Et c'est très bien ainsi. Est-ce un agent, un producteur, un homme de confiance ? C'est ma mémoire, ma relation avec le monde du spectacle et avec l'extérieur en général. C'est un ami véritable. Il s'appelle Philippe Chapelier.

6 avril 2003

Premiers jours de tournage de *L'Affaire Dominici* pour la télévision. Nous sommes sur les lieux du crime, dans cette région ingrate du sud du Lubéron où s'est joué un drame qui tiendra en haleine l'opinion nationale pendant plusieurs années.

La nature du crime d'abord : toute une famille assassinée sur son lieu de vacances. La personnalité du premier suspect : Gaston Dominici, bourru, patriarche, original, un paysan comme il en existe peut-être encore au fond de quelque département oublié par le TGV et le Tour de France. Un homme hors du monde, de ses codes et de ses usages, condamné d'avance, dont je suis certain de l'innocence, même s'il devient un coupable idéal dans une période trouble qui en a assez de cette affaire interminable et apparemment sans solution.

Ce fait divers est intéressant à plus d'un titre parce qu'il révèle une société fragile, refermée sur elle-même, presque paranoïaque dans cette campagne isolée. On découvre ainsi la France des années 1950, sa police, sa justice, sa politique confisquée par quelques-uns, encore soumise aux interdits et aux secrets de toute sorte. Révélateur, aussi, le fossé qui commence à se creuser entre la ville et la campagne, entre le progrès des réfrigérateurs et des premières télévisions, et le conservatisme des fermes reculées où l'on comptera encore longtemps en anciens francs.

Lorsqu'on me propose de jouer Gaston Dominici, je suis rapidement intéressé par sa biographie, son isolement, sa famille, son bon sens lisible entre quelques mots de patois, et le piège dans lequel il se noie faute de rien comprendre au vocabulaire et aux rites judiciaires. Bien sûr, Jean Gabin l'a joué, il y a quelques années. Je ne l'ai jamais rencontré mais je suis un de ses inconditionnels, en tout cas jusqu'à la guerre, quand il avait une trentaine d'années : *La Bête humaine*, *Les Bas-Fonds* sont des films qui m'ont accroché. Je n'appartenais pas à sa bande — Seigner, Ventura, Delon — mais j'ai suivi sa carrière avec curiosité et évidemment admiration.

Mais il y a des «bandes» au cinéma, des familles d'acteurs qui se retrouvent de film en film, et le hasard ne nous a pas rapprochés. Faut-il pour autant renoncer à jouer après Gabin? Je ne crois pas. J'ai joué Knock après Louis Jouvet. Et l'Avare après Molière lui-même. Nous autres, acteurs, ne sommes «propriétaires» ou «auteurs» que de notre interprétation et je ne sens aucun sacrilège à relever ce défi, d'autant que, sans faire injure à l'immense talent de Gabin, je ne vois pas Dominici comme le rôle le plus marquant de sa carrière.

À un certain âge, que je suis en train d'atteindre, on ne vous propose plus que les rôles de vieux sages à la barbe blanche. Comme Charles Vanel, comme Jean Gabin, et peut-être Jean Marais, je devrai tantôt jouer le roi Lear, l'abbé Pierre ou le maréchal Pétain! Claude Chabrol, que j'aime beaucoup, se moque déjà de moi. En apprenant *L'Affaire Dominici*, il a, paraît-il, déclaré · «Il ne va tout de même pas encore jouer un paysan ¹ ..»

8 avril 2003

Nous sommes installés dans un relais-château, un de ces hôtels typiques du Lubéron avec tout le confort nécessaire. Mais après quinze jours de tournage, je commence à connaître la carte du restaurant par cœur : des amuse-gueules pendant le premier quart d'heure, on commande pendant vingt minutes, et l'on n'a déjà plus faim. Rien n'est vraiment simple, comme toujours dans les restaurants qui se poussent un peu du col. Les desserts sont préparés avec des fils d'argent, la nourriture est ostensiblement raffinée, et tout est un peu prétentieux, à l'image de cette région où il est bon de passer deux jours, pas plus.

Michel Blanc, mon partenaire dans le film, a l'air très content, très amusé aussi, de notre rencontre. Il dîne souvent seul. Je prends parfois mes repas avec l'équipe du film, sympathique. Il y a mon ami Rachid, le régisseur de la production, un fidèle qui me véhicule déjà depuis quatre ou cinq films et grâce auquel je vais pouvoir m'échapper un peu pour visiter quelques monastères alentour.

Depuis que j'ai essayé le costume, que j'ai laissé pousser de longues moustaches, et que je commence à m'imprégner de Dominici, un mimétisme est en train d'opérer. Comment trouver le langage de ce vieux ? Je ne veux pas de « reconstitution historique » — on ne prépare pas un documentaire — et surtout pas d'accent faussement pagnolesque. J'aimerais trouver un langage qui restitue son malaise face aux autres, à la société, aux étrangers. Parler avec des mots qui n'existent plus. Le texte des dialogues a tendance à banaliser un peu le personnage, ce qui est souvent la faiblesse des téléfilms : il ne faut pas trop se prendre la tête, paraît-il, et accepter un certain nivellement. J'espère que ce ne sera pas le cas cette fois-ci et qu'on ne résumera pas l'histoire à une simple affaire policière.

Je rencontre aujourd'hui le petit-fils de Dominici. D'après les documents d'archives, le « vieux est d'origine italienne ». « *Faux*, réplique son héritier, *c'était un bon Français !* » Où est la vérité ? Pourquoi ne pas admettre ses origines ? Cela augure mal de la suite. Il y aura sans doute des polémiques à la diffusion du film. Si je l'ai rendu trop sympathique, on m'accusera de faire l'apologie du crime, même s'il est innocent. Dans le cas contraire, on me trouvera trop caricatural, et les ayants droit me reprocheront de le condamner à nouveau.

Pour incarner ce personnage hors normes, je me remémore les paysans que j'ai connus, rustres bien souvent, humains malgré leur dureté, et je tente, avec prudence, de proposer des rajouts aux dialogues. L'équipe est parfois déstabilisée par mes suggestions. Mais le réalisateur promet : «*Bonne idée, Michel, ça on va le garder!*» On verra au montage s'il est de bonne foi...

★★★

On me téléphone ce matin pour un nouveau film avec Christian Clavier. Tout le monde a l'air de penser que le duo «Clavier/Serrault» fera une affiche formidable qui les conduira au triomphe. Deux acteurs célèbres suffisent-ils à faire un bon film ?

9 avril 2003

Je regarde Thierry Ardisson à la télévision : Dr Jekyll et Mr Hyde. Sur Paris Première, formidable, exigeant, intelligent, l'esprit ouvert. Je suis un peu le parrain de cette émission et je me suis bien amusé à la 1000ᵉ de « Rive Droite/Rive Gauche ». Sur France 2, facilité et racolage, et trop de comiques à la con. J'aime bien Ardisson et son anticonformisme, et je suis triste de le voir ainsi s'abîmer. Et puis, au fond, de quoi je me mêle ?

10 avril 2003

J'ai visité une brocante dans un village proche de l'hôtel ce matin. Je n'ai rien acheté mais rencontré des dizaines de gens sympathiques, généreux, certains se confiant à moi avec une incroyable familiarité. « *Oh, c'est vous ! On vous aime !* » Des réactions toujours troublantes, inquiétantes aussi, d'inconnus qui savent presque tout de vous. Ce matin, je reçois à l'hôtel un cadeau de la part de quelques-uns d'entre eux. L'émotion me gagne.

12 avril 2003

Je ne veux pas qu'on simplifie l'histoire de Dominici à l'extrême. Il faut se documenter davantage, lire les comptes-rendus des tribunaux, restituer le contexte social et historique, et ne pas oublier les affaires d'espionnage, en parallèle, qui expliquent peut-être la mort de cette famille anglaise soi-disant victime du Vieux. Saura-t-on à la fin du film la vérité sur cette histoire ? A-t-on choisi un parti pris ? Un angle nouveau, appuyé sur une enquête solide ? Voilà ce qui serait passionnant. Comment vivait-on dans cette ferme il y a cent ans ? Un sou était un sou ; un hectare, un hectare...

Bref, j'ai peur d'être déçu... Deux mois de tournage sont prévus cependant, dans cette région du Lubéron, mais aussi à Rambouillet pour les scènes au palais de justice. Les décors sont excellents. La ferme, voisine de celle des Dominici, est parfaite. Le film est bien tourné. Le réalisateur et son équipe maîtrisent la situation. Reste cette angoisse : ne faisons pas un énième Dominici... Entre-temps, *nouveau rendez-vous* avec le petit-fils, âgé d'une cinquantaine d'années. « *Mon grand-père était innocent !* » Il a des preuves. Il l'a connu. Il est convaincant. Il m'explique secrètement que sa famille était désunie, que Dominici était fâché avec l'un de ses fils, que ce contexte familial tendu a joué contre lui durant le procès. Passionné par son récit, ému de me le raconter comme s'il s'adressait à un avocat commis d'office, le voilà qui pleure dans mes bras. Cette fois, ma religion est faite. Ce Vieux avait beaucoup de défauts, mais il n'était pas coupable...

13 avril 2003

Un journal publie ce matin une photo de moi en noir et blanc en Gaston Dominici avec cette moustache énorme qui a poussé jusqu'au menton. Vérité des costumes. Silhouette comparable. Me voilà troublé, à nouveau, par cette ressemblance inexplicable. Il m'habite déjà.

14 avril 2003

Pendant ce temps, la guerre en Irak bat son plein. George Bush me fait peur. Les scènes de bombardement de Bagdad à la télévision me glacent le sang. Cette guerre plus longue que prévu par les « experts » multiplie les morts de part et d'autre dans un but clairement identifié : s'emparer du pétrole irakien. Assez de naïveté à cet égard. Qui peut croire aux prétendus élans humanistes de l'Amérique et de la Grande-Bretagne voulant « libérer » la population ? L'a-t-on consultée ? Lui a-t-on annoncé le désordre qui va suivre inévitablement cette intervention ? La guerre civile, peut-être, le chaos, le sang, les règlements de comptes... Tout cela, comme toujours, sur le dos des plus faibles. Quand tous les musulmans seront remontés définitivement contre l'Occident, il faudra se souvenir de la responsabilité historique de George Bush. Quelle inconscience !

Et ce sentiment d'impuissance devant la télévision qui montre les dégâts humains et matériels de plus en plus lourds.

15 avril 2003

Tournée des monastères du coin. Groupés sur une colline, dix-sept bénédictins et un frère, de quatre-vingt-neuf ans, haut comme trois pommes, malicieux comme un enfant. Il me raconte les difficultés de sa situation, les malentendus avec ses confrères, la vie quotidienne dans ce lieu magnifique et austère. Me voilà confesseur à mon tour, curieux des sentiments profonds de ces hommes que j'admire pour leur foi, leur abnégation, leur courage. Ce frère est merveilleux de pureté et de fantaisie. Si je joue un prêtre un jour, dans un film, il se reconnaîtra certainement. Il se laisse aller aux confidences, parfois tragi-comiques : « *Vous savez, ils sont gentils mes frères moines, mais ils commettent aussi des maladresses. J'ai été malade il y a quelques mois. On m'a transporté à l'hôpital le soir de Noël. On m'a laissé seul, tout seul, sans me porter l'eucharistie. Je le leur ai reproché. Pourquoi me laissez-vous comme cela, sans communion ? Savez-vous ce que m'a répondu un confrère ? "On n'a pas que cela à faire !"* » Un peu plus loin, alors que je songe encore à cette surprenante anecdote, il me désigne du doigt un espace un peu à l'écart : « *Vous voyez derrière le grand sapin cet alignement de croix, c'est le cimetière des moines…* » Et mon interlocuteur de continuer, sur un ton compatissant :

« *Le visiteur, à l'hôpital, qui ne m'a pas apporté la communion, il est là-dessous maintenant ! Il est sans doute toujours en bas ! Il n'est pas encore monté là-haut !...* » Et nous rions ensemble.

★★★

Changement de décor. Visite à un autre monastère où soixante à quatre-vingts religieux vivent dans un édifice entièrement neuf. Ils bénéficient d'une autorisation spéciale du Pape pour dire la messe en latin et mènent une vie contemplative rigoureuse. Là aussi, rencontre inattendue, comme je les aime. Après avoir parlé avec un père de sa vocation, de mon métier, de nos vies respectives, il entre en confiance et m'avoue qu'il connaît des sketches de Poiret et Serrault par cœur ! Il joue aussi de la trompette mais il a abandonné. Je l'encourage à continuer, même si cette activité n'est pas très compatible avec les exigences de la vie monastique. Nous partageons un thé, sans déjeuner, et je ne vois pas le temps passer...

18 avril 2003

Ma petite-fille, Gwendoline, m'épate et m'émerveille. Elle travaille sur internet, achète des livres, se documente. Elle commence à s'intéresser à des auteurs, à Malraux, me demande de lui parler de théâtre. De plus, elle écrit très bien. Elle s'est même livrée, l'autre jour, à un pastiche réussi de Poiret et Serrault. Je suis en admiration.

19 avril 2003

Pour la énième fois, Mme de Chambord, que je tiens pour une femme agréable, une voisine charmante, pleine de bon sens, même si ses amis dénoncent son caractère difficile, m'a contredit, avec des arguments irrecevables, sur l'avenir de Gaz de France. Comme quoi, on peut habiter Neuilly, paraître fréquentable, prétendre figurer parmi vos amis fidèles et s'égarer dans des imbécillités…

20 avril 2003

Le cinéma est un métier dangereux. Après Daniel Toscan du Plantier, avec qui j'ai toujours eu d'excellents rapports, qui disparaît brutalement à Berlin, c'est Daniel Ceccaldi qui s'en va. À son propos, on me lit une déclaration qu'il aurait faite il y a quelque temps, en souriant j'espère : «*Difficile pour moi de trouver un emploi aujourd'hui. Michel Serrault a pris tous mes rôles.* » Je n'avais jamais songé à cela. Quelle drôle d'idée ! C'est oublier que Michel Simon a pris tous les miens ! Et que tous mes rôles sont généralement repris par d'autres : combien de « Cages aux folles » de par le monde ? Même *L'Avare*, que nous avons créé, avec Roger Planchon, est joué aujourd'hui par lui-même (Philippe Tesson a méchamment écrit l'autre jour qu'il m'imitait sans être drôle). Quant à moi, je vais bien jouer Dominici après Jean Gabin. La boucle est bouclée.

21 avril 2003

Scène émouvante, ce matin, sur le tournage de *Dominici*, au palais de justice de Rambouillet, réplique parfaite d'une cour de cette époque-là : acajou, lambris, gendarmes et atmosphère solennelle. Je suis en costume de velours, moustaches tombantes, assis dans le box des accusés. Le président demande au fils Dominici, interrogé à la barre, ce qu'il pense du Vieux, s'il le croit coupable. Il répond en pleurant : « *C'est mon père !* »

L'acteur est excellent. La réplique fait mouche. Et moi, dans le box, face à ce fils qui m'apostrophe ainsi, je ne peux pas contenir mes larmes. Je pleure aussi.

L'émotion a gagné tout le monde. Cette scène ne devait pas se terminer ainsi. Pourquoi ce moment ? Incarnation, situation, improvisation. Deux acteurs qui se parlent, s'écoutent, se répondent...

22 avril 2003

Il n'est question que de télé-réalité en ce moment à la télévision. Je n'ai pas regardé ces programmes, mais je crois comprendre que beaucoup de jeunes sont prêts à tout pour attirer les caméras dans un seul but : devenir célèbre. Peu importe la voie choisie ou le talent, « devenir connu », telle est la devise de ces adolescents. C'est amusant parce qu'il m'est arrivé exactement le contraire, « célèbre » malgré moi. Je rêverais de pouvoir aller de rôle en rôle, d'expérience en expérience — au cirque, au ballet, en concert —, sans que l'on reconnaisse d'emblée mon visage. Dans les films, plus je disparais, plus cela m'amuse. Je fais tout pour m'effacer derrière le malade ou le fou qui a tué sa femme, le vieux Dominici ou je ne sais qui encore. D'ailleurs, tous les grands acteurs que j'aime au théâtre ou au cinéma me font vite oublier par leur présence qu'ils sont acteurs. Courir après la célébrité est une obsession d'imbécile. Pour un acteur, c'est pire que tout.

Il faut chercher à l'intérieur de soi les personnages à restituer et ne pas tenter de paraître ce que l'on n'est pas.

23 avril 2003

Je ressemble à Gaston Dominici sans vraiment lui ressembler. Le costume est très fidèle aux photos prises de lui à son procès. « *Quand je vous ai vu arriver de loin, me dit son petit-fils, j'ai cru voir marcher mon grand-père avec ses chèvres.* » J'espère que l'on verra surtout la vérité des sentiments que j'ai voulu faire passer, la sympathie qu'il m'inspire, sa colère contre les gendarmes, son incompréhension d'un système policier et judiciaire inexplicable dont il ne connaît aucune règle. Il n'est pas idiot. Il est inculte, nuance de taille. Il est incompris. S'il possède un fusil (alors que dans les campagnes, chaque paysan dort avec son arme sous le lit à ce moment-là), on le dit coupable. S'il a jadis frappé son fils, on l'imagine bien assassiner trois personnes. Le Vieux est désarmé, cette fois, devant les méandres des procureurs et des juges, et des experts venus de Paris, lui qui a du mal à s'exprimer, à comprendre, à se plier à l'autorité des fonctionnaires.

Enfin, s'il a été gracié par le président de la République, si l'opinion s'est enflammée pour lui, c'est que sa culpabilité n'a jamais été démontrée et que la mort des malheureux Anglais est sans doute due à d'autres événements, plus sournois, plus clandestins, plus protégés aussi, que ce pauvre vieux berger.

24 avril 2003

Pour jouer un personnage comme Dominici, je fais appel avant tout au souvenir vivant de quelques personnalités originales rencontrées tout au long de ma vie. Il ne sert à rien de voyager, de s'immerger six mois à la campagne pour voir comment on nourrit les poules, selon les bonnes méthodes de l'Actor's Studio. Je ne crois pas à cette volonté de tenter à tout prix d'approcher un rôle par une plongée physique et morale dans son univers personnel et professionnel. Conneries et balivernes. Je crois plutôt à une réceptivité permanente du comédien. Il doit être toujours aux aguets, depuis sa naissance, observer les autres, leurs habitudes, leur originalité, leur folie, comme le ferait un auteur qui s'inspire dans ses romans des personnages qui ont peuplé son existence. Cela suppose une curiosité de tous les instants, une façon de vivre, d'écouter, de voler sans scrupules des gestes, des retenues, des colères, des répliques même. Et cela ne peut pas venir sur commande quelques jours avant le tournage d'un film, c'est le résultat et la synthèse de toute une vie tournée vers les autres.

Le comédien doit être poreux, sensible à ce qui l'entoure, mais il doit compter aussi sur une forte imagination. L'invention doit jouer tout son rôle dans le processus dès lors qu'elle repose sur tout ce terreau de sensations recueillies. En mélangeant les souvenirs de certains « états » à des inventions pures, on atteint parfois le sublime.

En fait, l'imagination du comédien devrait être plus grande que son talent.

Souvent, quand je commence à aborder un rôle, des choses venues de je ne sais où remontent à la surface. Où ai-je vu cela ? Je ne m'en souviens pas toujours. Je reste rarement passif devant les gens et les choses. Je prends le temps de regarder, de m'arrêter, de m'enrichir sans but précis au moment où je le fais. Et ce temps passé avec des gens au destin extraordinaire ou parfaitement banal devient un trésor englouti au fond de moi dans lequel je puise régulièrement quelques pépites. Perméabilité et invention, voilà ma part du secret.

Parfois, cela tient de la récupération et du recyclage. Ainsi, pour Dominici, j'ai retrouvé deux situations étonnantes, revenues à ma mémoire subitement, à la faveur du tournage Je me suis souvenu d'une rencontre avec Pierre Fresnay, immense comédien, qui avait tendance à apprécier le vin en toute occasion. « *Prenez du vin, mon cher Michel* », me dit-il en vidant une énième bouteille. « *Mais quand vous buvez du vin l'après-midi, prenez toujours un peu de pain avec...* », et il sort une tranche de pain qu'il trempe abondamment dans le pinard. Allez savoir pourquoi, cette scène absurde m'avait fait rire intérieurement et m'a marqué jusqu'à aujourd'hui. Je l'ai ressuscitée l'autre jour dans la bouche de Dominici. Un journaliste vient le voir dans la cuisine de la ferme. Et Dominici se met à lui offrir du vin rouge en plein après-midi, avec du pain.

« *Voyez, mon ami, quand vous prenez du vin rouge en plein après-midi... toujours un petit peu de pain !...* »

Autre souvenir, celui de l'ancien gardien de ma propriété du Perche qui a pris un jour l'initiative d'inscrire son fils de dix-huit ans à l'école de police. Autorité du père sur le fils à peine au courant de ce qui allait être son avenir. Je l'ai replacé dans les dialogues de Dominici. Il interroge un jeune enquêteur, sur un ton de reproche :

« *Tu es gendarme, toi ?* »

Et l'autre, confus :

« *Oui, c'est mon père qui m'a inscrit...* »

Pour être comédien, il faut avoir aussi la mémoire des autres.

5 mai 2003

Une feuille volante me tombe sous la main, ce matin, en triant quelques factures impayées. C'est un mot de Michel Audiard, écrit pour qui ? pour quoi ? Je ne m'en souviens plus. Mais c'est rassurant de le relire, des dizaines d'années plus tard, quand, comme tous les artistes, on doute chaque jour de soi :

« Je vous le demande, Monsieur, mais plus encore à vous, Madame, qu'est-ce qu'il a de plus que les autres ?

Voyons les choses en face. Il est de taille moyenne, sa voix est quelconque, son regard ordinaire, il fait trente-neuf d'encolure, chausse du quarante et marche comme tout le monde.

Et pourtant Michel Serrault a du succès. De plus en plus de succès.

Pourriez-vous, s'il vous plaît, m'en donner les raisons ? Car enfin, Madame, dans nos belles écoles de comédie ce ne sont pas les sujets d'élite qui manquent : grands, beaux, forts, à la voix de stentor, aux mollets d'airain et au regard d'acier. Et vous les boudez ? Vous préférez l'Autre ?

Ils jouent comme des truffes, dites-vous ?

Michel Serrault explose de talent, dites-vous ?

Évidemment c'est une explication. C'est même probablement la bonne. Merci, Madame...

Michel Audiard »

30 mai 2003

Je lis dans *Le Figaro* que « le catholicisme va disparaître ». En voilà, une nouvelle ! Lancée comme cela, sans prévenir, par un journal plutôt optimiste sur le sujet. On y écrit que la religion catholique est périmée, religion « fatiguée », de plus en plus concurrencée par les sectes, etc., etc. Je ne crois pas ces balivernes. En Afrique, en Amérique du Sud, en Europe de l'Est, partout le catholicisme gagne du terrain.

Il suffit de voir les foules qui accueillent Jean-Paul II pour se persuader de la bonne santé de l'Église. Je trouve même que les chrétiens d'aujourd'hui sont meilleurs qu'autrefois, plus engagés, plus conscients, plus généreux. Je ne suis pas nostalgique des messes en latin pendant lesquelles des foules de «fidèles» marmonnaient une langue ancienne qu'ils ne comprenaient pas. J'ai soixante-quinze ans. Les chrétiens d'aujourd'hui sont plus «branchés» qu'à mon époque. Tant mieux. Et s'il doit y en avoir moins, mais de meilleure qualité, c'est une bonne chose pour l'Église. Même remarque pour les prêtres qui seront d'autant mieux compris s'ils s'engagent par vocation sincère plutôt que par obligation morale, familiale, sociale comme c'était trop souvent le cas au début du siècle dernier. Quand ce n'était pas par nécessité. Les séminaires étaient gratuits et pour son fils, lui assurer un avenir, même modeste, relevait parfois de la survie d'une famille nombreuse. Ainsi le père de «Monsieur Pouget», qui a joué un si grand rôle théologique, n'avait que quatre vaches dans le Cantal pour subsister. Mais reste l'exemple, pour moi, de ce que la foi a produit de mieux. Un homme simple, un visionnaire, loin de sa hiérarchie, un pauvre type dans une chambre parisienne sans confort, que tout le monde venait consulter et dont le Pape lui-même redoutait les analyses.

Cinquante ans après sa mort, on a retrouvé ses citations dans les textes de Paul VI et de Jean XXIII alors qu'il avait été longtemps isolé de l'Église. Il prêchait l'amour. Il était donc révolutionnaire. Et ce message-là n'est pas près de disparaître. Je rêverais d'un beau film sur lui. Sa vie quotidienne ne manquait pas d'originalité, voire de drôleries parfois, tant il survolait les réalités terrestres. Un jour qu'il rencontre Halifax, venu spécialement de Grande-Bretagne pour évoquer avec lui les problèmes entre catholiques et anglicans, ils se saluent avec tellement d'enthousiasme qu'ils se cognent violemment la tête ! Ils étaient devenus aveugles tous les deux... Il lui faudra réécrire complètement son œuvre pour l'imprimer car il avait oublié de placer un papier carbone entre les feuillets !

J'aimerais que Christian de Chalonge, le réalisateur de *L'Argent des autres*, du *Comédien* et du *Docteur Petiot* dont j'apprécie tant le talent et la sensibilité, puisse mettre en scène ce film pas comme les autres. Allez, ne désespérons pas, il se trouvera bien des gens, à la télévision, pour nous aider à soutenir cet improbable projet dans un univers pollué par tellement de choses faciles, racoleuses et sans grande ambition...

1er juin 2003

Un jeune homme, Marc-Olivier Fogiel, s'est payé hier soir Brigitte Bardot à la télévision. À vaincre sans péril, on triomphe sans gloire. Je n'ai pas vu l'émission en question, mais j'imagine que Bardot a été manipulée par une équipe de jeunes blancs-becs sans trop de scrupules : venez chez nous, on vous aime, on ne parlera pas de votre livre trop polémique, etc. Elle y est allée en confiance, sensible comme souvent au sourire charmeur des jeunes gens. Et elle s'est fait avoir.

Voilà pour la forme, qui n'est pas à l'honneur de son hôte. Sur le fond, je n'ai pas lu le livre. Elle y défendrait des options discutables. Dommage ! Mais c'est son droit. Ce n'est pas une femme politique. Elle n'est inscrite dans aucun parti. Elle n'est porte-parole d'aucun gouvernement. A-t-elle seulement les arguments, la culture politique, l'expérience, pour contrer des adversaires si retors ? Pourquoi les animateurs de télévision tirent-ils toujours sur les ambulances ? Cette émission réserve-t-elle le même traitement inquisiteur aux hommes politiques, aux industriels, aux producteurs de télévision ? Je ne crois pas. J'ai trouvé M. Fogiel plus sympathique avec Alain Delon, qui n'aurait d'ailleurs pas toléré un pareil traitement.

Je connais un peu Brigitte Bardot. J'ai tourné avec elle et Jean Poiret il y a fort longtemps dans un film charmant. Je l'aime bien. Elle a joué la comédie beaucoup mieux que d'aucuns le prétendent aujourd'hui. Voyez *Le Mépris* de Godard, ou *En cas de malheur*, avec Jean Gabin, ou encore *La Vérité* de Clouzot.

C'était une très bonne actrice, dussé-je choquer les professeurs d'art dramatique, car elle jouait d'instinct, ce que d'autres malgré des années de travail ne parviennent toujours pas à faire.

Elle n'a jamais été remplacée dans sa capacité à jouer, à chanter — les mélodies de Gainsbourg, notamment — et même à danser comme personne au cinéma (le « mambo » torride, dans *Et Dieu créa la femme*, est inoubliable). À chaque fois, elle a créé l'événement, le scandale même, à rebours des modes et des convenances.

Aujourd'hui, Brigitte Bardot consacre sa vie aux animaux. Elle est excessive ? Certainement. Son combat est sincère, passionné, un peu outrancier parfois, mais elle doit faire face à toutes sortes de gens (viandards, transporteurs d'animaux véreux, vivisecteurs...) qui ne sont pas l'expression la plus raffinée du genre humain.

Pour sa carrière, et pour sa croisade animalière, elle mérite doublement le respect. Surtout de ceux qui, hormis briller facilement à la télévision, ne font rien de bien intéressant.

Je l'ai croisée l'autre jour à une «fête des animaux» alors que nous ne nous sommes pas vus depuis quarante ans et j'ai senti un grand mouvement de sympathie de sa part. Normal, je suis devenu un vieux chien perdu..

3 juin 2003

Nous voilà partis pour deux mois et demi de tournage avec Hervé Palud, le metteur en scène, et Christian Clavier. Un confort de travail inespéré. Des attentions délicates à chaque minute. «*Voulez-vous une chaise?*» On me protège. On m'assiste. Comme on est prévenant! «*N'avez-vous pas soif, monsieur Serrault?*» À peine ai-je une minute à patienter entre deux prises qu'on s'inquiète de mon état, de mon humeur, de ma santé. Ai-je l'air vraiment si vieux? si mal en point? Ou veut-on me témoigner, dans l'empressement des assistants, combien on vénère les ancêtres du cinéma français?

J'ai souvent l'occasion de m'interroger, car ce métier ne manque pas de temps morts.

Nathalie, ma fille, connaît la raison de tous ces ménagements : «*Ils ont peur de toi!*» J'ai parfois entendu cela sur les tournages. « *Michel, tu leur fais peur, tu les terrorises ! C'est pour cela qu'ils prennent tant de gants avec toi !*» De quoi ont-ils peur ? Christian Clavier n'a rien à craindre. Il a joué Napoléon. Il construit une maison en Corse. Il a connu de nombreux succès. Moi, je n'ai jamais été attiré par l'île de Beauté et je considère Napoléon comme le pire des Corses. De plus, Clavier me témoigne des signes sincères de sympathie, voire d'admiration. Il récite des passages entiers de mon dernier livre. «*Je travaille enfin avec mon maître !*» assure-t-il à qui veut l'entendre. Non, ce n'est pas la peur qui crée ce climat étrange où se mêlent respect et maladresses. Peut-être l'envie de me consoler de ne pas trop me mêler du scénario. On ne peut pas dire qu'il soit gravé en lettres d'or au point de ne pas supporter un ou deux accommodements. J'espère apporter à ce film quelques inventions personnelles. Je demande simplement d'ajouter un mot ici ou là. Une petite réplique que j'invente pour moi. Le metteur en scène m'écoute, paraît m'entendre, mais l'auteur s'empare de la réplique en question et la place dans la bouche d'un autre. Il y avait pourtant une « intention » derrière cette boutade. J'essayais seulement de rendre possible une histoire qui ne me le paraissait pas toujours. D'imaginer quelques évolutions pour affiner un peu le trait. Est-ce vraiment la peine ? Répétons nos répliques. Sauve qui peut. Et mademoiselle, une autre réplique, s'il vous plaît...

4 juin 2003

Entendu ce soir à propos d'un camarade très présent sur les écrans : « *Quelle force, il peut tout jouer !...* » Oui, il peut tout jouer mal.

5 juin 2003

Jean Yanne est mort. J'ai de la peine. Je me disais en quittant la campagne, ce matin, pour assister à ses funérailles à Paris, qu'il était d'abord et avant tout quelqu'un d'humain. De très humble, pudique, sincère. Il ne voulait pas déranger. Il appréciait la réserve et la discrétion, alors que le public le connaissait pour son parler cru et ses provocations. À la cérémonie, on n'insistera pas assez sur cette humanité. Il était incapable de grands discours sur l'amitié et pourtant tout son travail le portait vers les autres. Il aimait les gens. Et j'observe autour de moi les visages de ses amis. Jean Yanne était d'origine modeste, ceux qui l'ont connu tout jeune sont là. Ceux qui l'ont suivi depuis l'adolescence ne l'ont jamais abandonné. Il sera enterré où il a fait sa première communion. Étonnante fidélité pour ceux qui n'ont vu que son image publique. En revanche, hormis Mireille Darc, Gérard Jugnot, Daniel Prévost et moi, pas beaucoup de visages connus! Où est la «grande famille» du cinéma? Le «métier» ne se déplace pas pour les gens simples, même quand ils sont célèbres. Pas de ministre. Pas d'hommage officiel. Pourtant, pour avoir tourné trois ou quatre films avec lui, j'ai pu mesurer son audace, son imagination, son style très personnel. Avec toutes les choses supposées comiques qui fleurissent aujourd'hui, on regrette qu'un talent pareil, si provocateur en son temps, n'ait pas pu s'exprimer davantage. Peut-être lui a-t-on fait payer cette originalité totale, sa solitude d'ours mal léché, son souci de ne pas se mêler aux imbéciles, aux courtisans, aux fausses valeurs en tout genre, ce que l'on ne peut pas appeler de la misanthropie, ce mot inventé pour nous obliger à aimer tout le monde. Il aimait les autres. Il était disponible. Mais sans esbroufe. Là-haut, il fera un tabac.

8 juin 2003

Les grèves. Les manifestations. Je comprends les Français attachés au service public. On murmure qu'il est question de privatiser une partie d'EDF. Il me semble cependant que les grands services de proximité doivent rester sous l'autorité de l'État. On ne peut pas espérer gagner de l'argent en assurant un véritable service public, équitable, partout sur le territoire, ou alors au détriment d'une partie des citoyens. Le pognon ne doit pas tout contrôler.

D'un autre côté, cet acharnement à défendre les « retraites » avec une intransigeance souvent irresponsable, alors que les organismes de répartition sont à bout de souffle et que des réformes sont sans doute nécessaires, m'agace un peu. Peut-être parce que j'ai dépassé depuis quelque temps l'âge de la retraite et que je vis mal ce rappel incessant.

Je suis condamné à travailler éternellement pour entretenir ma famille qui ne se contentera jamais de la « retraite spectacle ».

Peut-être faudrait-il que je prenne la tête d'une manifestation non violente, mais ferme, en brandissant un grand panneau : « NON À

LA RETRAITE ! » ? Ma femme me dit que ce
sera assez mal vu. Je renonce donc.

9 juin 2003

Johnny Halliday a soixante ans. Difficile de
ne pas le savoir : la presse, la télévision, les
radios rappellent de manière incessante son
anniversaire. Je n'ai pas envie de me faire marcher sur les pieds au Stade de France où des
milliers de Français vont l'applaudir dans un
concert extraordinaire dont il a le secret. Pourtant, comme eux, j'ai beaucoup de sympathie et
d'estime pour lui. Cela remonte à la première
vision du jeune Johnny. Il avait quinze ans.
Jean Poiret et moi nous produisions dans les
cinémas pour des animations radiophoniques.
Et j'ai vu Johnny Halliday dans un cinéma de
quartier à ses débuts les plus balbutiants. Un
adolescent avec, déjà, une présence promet-
teuse. Cette présence que l'on a ou que l'on n'a
jamais, innée sans aucun doute, force charis-
matique qui vous différencie d'emblée des
autres. Elle ne suffit pas pour réussir, mais il est
difficile d'être un artiste, sur scène, dans un
rapport direct avec le public, sans ce lien
humain inexplicable, irrationnel, qui manque à
beaucoup de comédiens.

Il m'a offert un de ses disques, un jour, et je lui ai donné, en retour, un disque des sketches de Poiret et Serrault. Il était présent, il y a quelques mois, à un anniversaire surprise organisé par quelques amis. Cela m'a touché. Je ne prétends pas écouter régulièrement ses chansons. Mais comment ne pas saluer sa présence sur scène, son courage incomparable dans la conduite d'une carrière irréprochable ? C'est à cette détermination et à cette volonté singulières qu'il devra de devenir aussi un véritable acteur. C'est sans doute plus compliqué pour lui que pour un autre, mais je lui souhaite sincèrement ce bonheur.

11 juin 2003

J'ai été malade toute la nuit. Probablement le nouveau restaurant que des amis m'ont incité à tester hier soir. C'était l'inauguration d'un lieu très original monté par un ancien comédien devenu passionné de cuisine. Le concept est un peu particulier. Il se situe sur un terrain de football, dans le XVIIIe arrondissement de Paris. Un restaurant en plein air, en quelque sorte, accessible seulement le soir, à la belle saison. On est un peu tributaire de la météo, puisque l'idée consiste à suivre les produits naturels en fonction des saisons. Attention, le menu est assez sophistiqué : canards en gelée, crudités à profusion, cochons de lait grillés, brochettes de viande, poissons panés, bref, tout ce que l'on veut puisque les clients doivent apporter leur nourriture et respecter le cycle de la nature. C'est très plaisant au départ, l'espace est magnifique, le gazon fraîchement coupé, et il faut prendre ses repas entre les buts. Je suis arrivé avec un panier de la ménagère, des carottes râpées, très fraîches, préparées sur place, une pomme et une bouteille de vin. Bien sûr, il faut payer la location de la pelouse qui n'est pas donnée. Mais le principe est intéressant : tout le monde dîne en participant à un match de foot. Tant qu'on ne se trouve pas sur la trajectoire du ballon, c'est parfois excitant, divertissant et finalement assez sportif. Mais j'ai très mal vécu ce dîner. Sans doute parce que je n'ai pas l'habitude de faire de l'exercice en mangeant. Je sais bien qu'il faut vivre avec son temps, suivre les tendances nouvelles, mais quelle épreuve pour l'estomac ! Je n'ai pas dormi de la nuit en me disant que le sens de l'amitié m'avait conduit, une fois de plus, à soutenir une entreprise audacieuse mais dépourvue de bon sens. On ne peut pas réussir deux choses à la fois.

14 juin 2003

J'ai vu hier soir Dominique Baudis à la télévision. Quelle image pitoyable ! Un homme public aux prises avec une rumeur effroyable — il aurait fait assassiner des prostituées après les avoir torturées ! — tenu de se justifier devant des caméras. Je ne connaissais pas cette rumeur. Mais je suis abasourdi que cet homme-là, parce qu'il est connu des Français, doive répondre devant l'opinion d'allégations lancées par un type du fond de sa cellule, qui a avoué, lui, plusieurs assassinats !

La presse a-t-elle pris la mesure de sa responsabilité dans cette affaire avant de lancer son nom en pâture ? Qui l'accuse ? Des faits ? Des cadavres ? Ou des gens englués eux-mêmes dans de sombres histoires sanglantes dont ils tentent de se dédouaner en salissant les premiers noms connus qui leur viennent à l'esprit ?

C'est un des revers de ce que l'on appelle la célébrité. Les pires rumeurs vous précèdent ou vous accompagnent. Chaque jour, en lisant le journal, je me demande si je ne vais pas trouver mon nom dans un fait divers épouvantable. Je n'ose même plus sortir de chez moi de peur que mon visage se rappelle à la mémoire d'un fou, d'un assassin ou d'un chef de gang. Il suffirait qu'il prétende me connaître pour que ma famille soit interrogée, mon nom publié dans toute la presse, et moi-même finalement prêt à démentir publiquement des crimes dont je n'ai pas eu encore la moindre idée.

Il en restera toujours quelque chose. Il y aura des spectateurs pour confondre les rôles qu'ils m'ont vu jouer avec la réalité. De *Garde à vue* où je suis accusé d'avoir violé et tué une fillette, au *Docteur Petiot* dans lequel j'en assassine des dizaines, en passant par *Les Fantômes du chapelier* où j'ai tué ma femme, les apparences jouent définitivement contre moi. J'entends déjà les journalistes : « *On comprend mieux ses compositions si crédibles d'assassins, de personnages troubles ou cyniques. Ce n'était pas du talent mais la triste réalité.* »

Sans parler des témoins qui assureront avoir entendu dire, de source sûre, que j'ai participé à des parties fines en travesti avant de faire disparaître mes complices gênants dans une chaudière à charbon. Et *L'Affaire Dominici* ne va rien arranger.

Même dans les magasins, en faisant mes courses, j'avance profil bas. Je rase les murs, de peur qu'on me reconnaisse. S'il m'arrive de murmurer dans une charcuterie « *c'est un peu cher* », je risque un procès interminable. Je prends mon paquet, la tête basse, pour ne pas me faire engueuler. Ce matin, par exemple, chez un traiteur généralement bondé, alors que je me promène dans les rayons en attendant mon tour, j'entends la patronne me lancer, d'un ton ferme, sans ménagement :

« *Monsieur Serrault, pouvez-vous m'attendre ? Il FAUT que je vous voie !* »

Elle tourne les talons comme pénétrée d'une mission urgente, indispensable. Tout se bouscule dans ma tête. Encore sous le coup de l'image de Dominique Baudis, hier soir, en sueur devant Claire Chazal, je me demande si je n'ai pas commis, moi aussi, l'irréparable. Qu'a-t-elle à me reprocher ? Pourquoi ce ton d'adjudant ? J'attends dans un coin du magasin tandis qu'elle disparaît dans son arrière-boutique, à la recherche, sans doute, de preuves irréfutables et accablantes. Elle revient et se dirige vers moi d'un pas décidé, en fendant la foule de ses clients qui, du coup, m'ont repéré.

Dans ses mains, une photo, d'assez bonne qualité, du tournage du film *Dominici*, sans doute découpée dans un magazine : « *Il FAUT signer ça, monsieur Serrault !* » commande-t-elle, contente de son effet. Je signe, sans hésiter, rapidement, heureux de m'en tirer à si bon compte, prenant au plus vite la direction de la sortie, satisfait de ne pas être poursuivi pour dettes, ou m'entendre reprocher je ne sais quel forfait commis inconsciemment.

Oui, cela aurait pu tourner plus mal...

18 juin 2003

Ce que j'ai vécu hier soir est ahurissant. Un bruit terrible se fait entendre dans le jardin de ma maison de Neuilly. Des lumières d'une intensité inouïe tournent dans la chambre comme un gyrophare de Police-Secours à la puissance 10. Je descends l'escalier tandis que j'aperçois, sur le pas de la porte d'entrée, deux énergumènes déguisés, en uniformes bariolés indescriptibles. Ils ont l'air hébétés, mais gentils, comme fatigués par un long voyage. Derrière eux, une soucoupe volante, très lumineuse, très bruyante, qui, curieusement, n'attire pas les voisins. Je suis seul, dans la nuit, dans un dialogue intense avec mes visiteurs inconnus. Soudain, le téléphone sonne. Nicolas Sarkozy m'appelle et me rassure. Comme maire de Neuilly, il est au courant de l'affaire. Ma maison est cernée. Pas d'affolement, on va capturer gentiment les intrus pour les conduire au zoo de Vincennes tandis que la fourrière récupérera leur véhicule. C'est alors que ma femme me secoue violemment avec des cris terribles en m'expliquant les origines de cet incident inhabituel. Elle est très inquiète, car mon regard est perdu, paraît-il, dans le lointain, depuis plusieurs heures. À côté d'elle, la femme de chambre est en larmes. « *Monsieur, c'est affreux! J'ai mélangé vos somnifères avec de la lessive...* » Tant pis, c'était une très jolie rencontre.

20 juin 2003

On m'adresse le « questionnaire » de Marcel Proust auquel j'ai répondu pour un journal chrétien. Je ne me souvenais plus d'avoir été aussi précis dans mes réponses. Finalement, ce n'est pas si mal...

Quel est pour vous le comble de la misère?
Ma misère.

Où aimeriez-vous vivre?
Dans mes personnages.

Votre idéal de bonheur terrestre?
Le bonheur.
Il passe, j'en respire des bouffées. Le bonheur qui s'étale sur soixante-dix ans n'existe pas... Le symbole du bonheur terrestre, selon

moi, c'est un vieux Laguiole posé sur une table de ferme à côté d'une miche de pain, de noix et de pommes, un feu brûlant dans la cheminée. La simplicité. Et basta...

Pour quelles fautes avez-vous le plus d'indulgence ?
Toutes les fautes !
Mon indulgence est totale. Ah non, je ne vais pas commencer à mesurer mon pardon ! Je donnerais des notes aux gens, moi ? Je ne veux pas, je ne peux pas !

Quels sont les héros que vous préférez ?
Ceux de la Bible et de l'Évangile.

Quel personnage aimeriez-vous jouer ?
Monsieur Pouget. Le héros de Jean Guitton dans son *Portrait de Monsieur Pouget*.

Votre saint préféré ?
Saint Vincent de Paul.
Il s'est occupé des gosses comme moi. Je suis un enfant des « fortifs » du XIXe arrondissement. Nous étions quatre enfants, ma famille était modeste. Lorsque nous avions du pain aux raisins pour Noël, c'était la fête ! Mon père travaillait durement ; il était représentant en cartes postales. J'allais à l'école communale et au patronage.

C'est grâce au patronage que j'ai pu faire du sport, aller au cirque, et — pour la première fois de ma vie — au cinéma. J'ai toujours été impressionné par la patience et l'amour de ces prêtres. Ils s'occupaient des enfants mais aussi des vieillards, des malades. Ils donnaient leur vie pour les autres.

C'est peut-être pour cela que j'ai voulu être prêtre. Prêtre et clown. Finalement, j'ai été clown... Au petit séminaire, le supérieur m'a convoqué un jour. Il m'a dit gentiment : « Je crois que tu es plus fait pour le spectacle que pour la prêtrise... »

Votre philosophe préféré ?
Teilhard de Chardin.

Je le lis en ce moment, enfin j'essaie... Je ne comprends pas tout. Je ne suis pas intellectuel, moi, vous savez ! Teilhard m'a fait comprendre qu'il faut essayer de vivre dans le monde et pour le monde, et, en même temps, en être détaché. Être chrétien, c'est accomplir ces deux exigences.

Votre musicien favori ?
Bach et le grégorien.

J'écoute Bach tous les jours, je ne m'en lasse pas. Mozart est d'une humanité débordante et déchirante, mais Bach, c'est le palier supérieur.

On quitte la terre, on abandonne les turpitudes, on atteint une sorte de plénitude.

Votre instrument préféré ?
La trompette.
J'en joue très mal mais j'en joue une demi-heure chaque jour, dans ma cave, pour garder mes lèvres en état et souffler, souffler...

Quelles sont les dix personnes que vous aimeriez inviter à dîner ?
Je m'en fous !
Je préfère les rencontres imprévues aux rencontres programmées.

Votre qualité préférée chez l'homme ?
L'écoute.
Pour éviter d'avoir des jugements trop rapides. Chaque fois que j'ai été péremptoire dans mon jugement, je l'ai regretté. On peut se tromper, je ne suis pas un saint, vous savez : enfin, pas encore...

Et chez la femme ?
L'écoute.
Au fait, est-ce que la femme écoute ?... Et la mienne ? Parfois, elle me dit : « Ça, je l'ai déjà entendu. » Ça fait cinquante ans, c'est normal...

Votre occupation préférée?
Imaginer.

Qui auriez-vous aimé être?
Mes personnages.
Le bon Dieu n'a pas fait les choses au hasard, il m'a fait comédien... Cela me permet de me mettre à la place des gens.

Le principal trait de votre caractère?
L'insatisfaction.
J'ai toujours peur d'être à côté de la plaque dans mon jeu et dans ma vie. Est-ce que je n'aurais pas dû vivre autre part? Est-ce la bonne couleur sur le mur? Ai-je taillé mon rosier dans le bon sens? Est-ce que j'ai bien joué cette scène-là? Je suis un maniaque du détail.
J'ai vu récemment à la télévision le portrait d'un grand chef d'orchestre allemand. Après avoir dirigé plus de deux cents fois la *Symphonie fantastique*, il relisait à nouveau la partition. Le journaliste lui demande : «Vous la connaissez par cœur, avez-vous réellement besoin de la retravailler?» Il a répondu : «Oui, j'ai peut-être oublié quelque chose... un détail...»

Ce que vous appréciez le plus chez vos amis?
Qu'ils m'écoutent!
Sans rire, leur indulgence.

Votre principal défaut ?

L'impatience.

Je veux tout connaître, tout comprendre. Bien sûr. ma femme vous dira que je suis bavard, mais, que voulez-vous, je suis comédien. Cela m'amuse de vous convaincre et de vous voir m'écouter. Je ne suis pas cabot mais...

Voyez-vous, je suis plus comédien qu'acteur. Les acteurs se trimballent avec le même physique, la même façon de jouer, mais ils changent de costumes. Lino Ventura était un grand acteur. Le comédien, lui, peut garder le même costume, mais il devient quelqu'un de différent. Il conserve sa personnalité tout en devenant l'autre. Dans l'absolu, il peut tout jouer. C'est Michel Simon ou Harry Baur. Moi, je veux faire des films où personne ne me reconnaît.

Votre rêve de bonheur ?

Faire le bonheur de quelqu'un.

Dans les moments les plus tristes, les plus gris, les plus vides, les plus pénibles de notre vie, alors qu'on se sent abandonné de tout et de tous, on peut encore, sans le savoir, servir à quelque chose : faire le bonheur de quelqu'un. Grâce à Dieu. On devient un instrument de Dieu, c'est très mystérieux.

Dieu se cache en nous pour agir, dans les moments les plus désespérés, les plus pauvres.

Quel serait votre plus grand malheur?
Perdre la foi.
(Silence)... et perdre un enfant.
Je l'ai vécu, ce malheur-là. Je n'aime pas trop en parler...
Je ne comprends pas... L'incompréhensible souffrance. Mais je la partage avec les millions de personnes dans le monde qui perdent leur enfant. Je fais partie des humains qui pleurent...
Je crois, mais je ne comprends pas toujours Dieu. Dieu est amour et des enfants se tuent en voiture, il est amour et il y a le Rwanda. C'est le grand mystère. Je laisse ça avec un immense point d'interrogation. Je reste sans réponse devant la mort des innocents, mais j'affirme : Dieu est amour, c'est la clé de tout.
Il ne faut pas se croire unique au monde. Personne n'est à l'abri du malheur, personne n'est différent des autres. Il faut partager la douleur et le bonheur, sinon on ne peut pas vivre. Partager la joie, le rire, le bonheur, et aussi partager la douleur...

Le fait militaire que vous admirez le plus?
Le cessez-le-feu.

Si vous étiez élu président de la République, quelle serait votre première mesure?
J'inviterais Serrault à déjeuner.

Votre regret ?

...

Mais le regret de quoi, bon sang ? Ah non, pas de regrets ! Chaque jour je repars de zéro, je me dis : demain commence.

Ce qu'il y a de plus important dans la vie ?
Accepter l'amour.

S'il vous restait une heure à vivre, comment la passeriez-vous ?
En prière...
... en me disant : Tiens, tu vas encore découvrir quelque chose !

Comment aimeriez-vous mourir ?
Chrétien.
On n'est jamais vraiment chrétien... C'est une direction qu'on prend. Le jour où on sera totalement chrétien, on sera rappelé très vite. D'ailleurs, moi, je ne me dis plus chrétien... je veux que ça se devine !

État présent de votre esprit ?
Accueillant.
Je hurle parce que nous passons notre temps à nous plaindre. C'est vrai, les grèves de métro, c'est embêtant. Mais, les amis, relevons la tête, voyons un peu plus loin que notre petite niche, relativisons un peu, d'accord ? Étendons notre

sensibilité au monde. Ce qui n'empêche pas d'accorder de l'importance au détail dans la vie quotidienne, la plate-bande mal bêchée et l'égratignure sur la voiture. Allons au bout des choses, de chaque chose.

Parfois, j'envie les moines, leur équilibre de vie. On s'agenouille devant le Saint-Sacrement puis on prend la bêche et on plante une patate..

Qui admirez-vous le plus ?
Les gens qui se sacrifient.

Pas forcément des gens connus. J'admire les gens simples, les anonymes généreux dont on ne parle jamais.

Votre passage d'Évangile préféré ?
La naissance du Christ.

Dieu qui devient homme… La présence de l'Amour parmi nous, c'est une sacrée bonne nouvelle, non ?

Votre prière préférée ?
Mon Dieu, que votre volonté soit faite !
Tout le reste, c'est des commentaires.

Votre maxime, ou citation, préférée ?
La liberté dans l'obéissance, l'obéissance dans la liberté.

C'est le summum, en tant que chrétien et en tant qu'acteur.

La fleur que vous aimez ?
La rose, les roses.

Le fruit que vous préférez ?
La pomme...
... la pomme, la pomme (il savoure le mot, le roule en bouche, le délivre avec différentes intonations), la pomme, pom-pom, la pomme bien sûr...
Pas la pomme calibrée, ronde, brillante et dégueulasse qu'on trouve sur les supermarchés, non, la vraie pomme, biscornue, cabossée, couleur foncée, goûteuse... La pomme !

Votre plat préféré ?
La tarte... aux pommes, le boudin... aux pommes, les compotes... de pommes, pom-pom.

Vos poètes préférés ?
La vie.
J'aime la poésie qui se propose, pas celle qui s'annonce. Les recueils de poésie m'ennuient. La poésie, ça ne se décrète pas. C'est une façon d'ajouter quelque chose, de transformer imperceptiblement la réalité. Un tableau, de la

musique, manger, jouer, tout cela peut être plein de poésie.

Vos héros dans la vie réelle?
...
Plus on connaît les héros, plus on est déçu.

C'est pourquoi j'aimerais jouer le dernier des derniers. Je dirais aux gens : « Méfiez-vous, ne le prenez pas pour un minable, un salaud, je vais vous le faire aimer. » Vous allez voir comment je vais jouer ça, oui, je vais vous le faire aimer... En tout cas, je vais essayer de vous faire comprendre que tout n'est pas si simple !

On m'a beaucoup reproché d'avoir joué le Docteur Petiot et de l'avoir rendu sympathique. Mais il était sympathique, ce docteur, sinon on n'aurait pas fait la queue à son cabinet ! Je suis très troublé par la coexistence du bien et du mal chez les êtres.

J'ai envie de sauver tous ces personnages qui passent à ma portée. Bedos a dit un jour : « Serrault joue pour sauver ses personnages, moi c'est le contraire. » C'est vrai : tous ceux que je joue, je veux les racheter. Que voulez-vous, ce sont mes convictions : je ne juge pas, je sauve.

Ce que vous détestez par-dessus tout?
L'égocentrisme.
Ne pas voir plus loin que son nez, son pas-

de-porte, son chien, sa voiture... ne pas voir plus loin que soi.

Le plus grand mal de notre époque ?
Se croire seul au monde.

La vertu la plus nécessaire aujourd'hui ?
La compassion et le partage.
Je ne suis pas un rebelle. Mes peines, mes incompréhensions, je les remets « in manus tuas, Domine ». Entre vos mains, Seigneur, je remets mon incapacité à comprendre et à vivre certaines heures. »

17 août 2003

Fabrice Luchini m'agace. Peut-être parce qu'il a déclaré l'autre jour reprendre pour la première fois le rôle de Knock après Jouvet. Il se sent ainsi dépositaire de son œuvre, héritier du passé et, pourquoi pas, de son talent. C'est oublier un peu vite que d'autres que lui ont joué cette pièce, à commencer par votre serviteur, plus de trois cents fois au théâtre de la Porte-Saint-Martin. Pierre Marcabru, l'excellent critique du *Figaro*, a d'ailleurs salué mon travail avec une indulgence dont il n'est pas coutumier. Mais laissons là cette coquetterie dont j'ai un peu honte en l'écrivant, même s'il est toujours désagréable de laisser sans réponse des déclarations d'acteurs un peu trop sûrs d'eux. Ce qui m'agace profondément, et plus sérieusement, c'est qu'il se trompe sur Louis Jouvet. J'ai un peu connu Jouvet. Il m'a remis un prix en fin d'année au centre du spectacle de la rue Blanche. Et surtout, je l'ai vu jouer, souvent, au théâtre comme au cinéma. Jouvet a brillé par son talent d'acteur, surtout au cinéma, car il a toujours eu un peu peur sur une scène de théâtre. Mais l'excellence de son travail de comédien, incomparable, est indiscutable. En revanche, tout le reste de ses commentaires et de ses analyses sur le théâtre me paraissent sans grand intérêt. Le plus souvent, c'est de l'esbroufe, destinée à « intellectualiser » le théâtre, ce qui a le don de m'exaspérer et de plaire à Fabrice Luchini.

Pourquoi faut-il toujours « définir » le théâtre ! Je n'ai pas de diplôme. Peut-être même aucune culture. Et alors ? Des intellectuels, ou prétendus tels, veulent tout savoir, tout compliquer, trouver des fondements à toutes les démarches. Il y a toujours des gens pour intellectualiser le théâtre, le cinéma, la médecine, et même la religion. Pourtant, j'ai toujours préféré les curés les plus simples, qui font la charité, à ceux qui théorisent. En politique, même problème, on « intellectualise ».

On débat, sans fin, autour des tables rondes internationales, pour ne régler aucun problème. Il suffit d'un été à 40 degrés à l'ombre pour que les responsables paniquent, les hôpitaux appellent au secours, et les cimetières refusent les morts.

Il faut donc se méfier des donneurs de leçons et des « philosophes » au théâtre. Jouvet lui-même ne disait-il pas à un jeune comédien : « *Pour faire du cinéma, il faut une bonne chaise !...* » Quand on demandait à Charles Dullin comment il a appréhendé *Les Frères Karamazov*, il répondait : « *J'ai finalement changé de costume, et j'ai trouvé ma voie...* » Je ne dis pas autre chose aux jeunes acteurs sur les plateaux. « *N'en fais pas trop ! Vas-y doucement, tu as plus de talent que tu ne crois ! Mais ce talent, tu ne sais pas t'en servir...* » Il en va de même pour moi. Je serais bien incapable d'expliquer avant un tournage comment je vais jouer tel ou tel rôle. Parfois, quelques secondes avant le mot « moteur », je ne sais pas encore ce que je vais jouer. Je n'arrive pas avec des idées toutes faites, des analyses prémâchées, l'accumulation en tête des commentaires des auteurs, des ayants droit, et du biographe officiel du metteur en scène. Mais j'écoute mes partenaires, je leur parle, je joue avec eux, et j'attends d'eux la même écoute, et, pourquoi pas, la même réceptivité et la même invention. C'est pour cette raison que j'aurais toujours plaisir à jouer avec Luchini pour peu qu'il veuille bien redescendre un jour à ma portée...

★★★

Entre deux tournages, l'été est propice aux retrouvailles en famille, en Normandie où je viens d'acquérir une nouvelle maison, un manoir à restaurer qui a l'avantage de se situer à deux pas du centre de Honfleur. Il faut toujours penser aux centres-villes quand on achète une maison à la campagne. Sinon, votre femme, votre fille, votre entourage vous abandonnera lâchement dans un potager. Si la ville n'est pas trop loin, si les boutiques ouvrent à des heures décentes, bref, s'il est possible de s'échapper un peu, alors on vous suivra dans vos délires agricoles.

Ma fille Nathalie a fait, elle aussi, le choix du spectacle. Nous avons des débats musclés, souvent, sur telle ou telle pièce, tel acteur, tel metteur en scène. C'est une chance de pouvoir parler ainsi avec ses enfants. Quel sera son avenir ? Celui de tous les artistes, difficile, incertain, mais passionnant. C'est une excellente comédienne, avec beaucoup de vérité, mais elle ne semble pas opter pour ce choix de carrière. Elle écrit. Elle réalise. Son tempérament d'auteur, qui est indéniable, j'ai pu le juger dans deux ou trois courts métrages très efficaces, originaux, écrits et orchestrés par elle-même. Ses idées ne ressemblent pas à celles des autres et elle doit faire preuve de plus de courage que ses camarades pour monter un projet. Elle porte un nom connu et l'on exigera probablement d'elle plus qu'on ne le fera d'une autre. Cela n'arrête pas sa détermination et son enthousiasme. J'espère qu'elle va parvenir à monter le film qu'elle a en tête. Mais un premier long métrage aujourd'hui n'est pas facile à financer. On ne donne pas assez leur chance aux jeunes metteurs en scène. Pas plus qu'on n'en donne aux plus vieux quand ils souhaitent porter à l'écran une œuvre difficile.

18 août 2003

« *Je ne suis qu'un acteur… au service de l'auteur.* » Je ne sais pas quel imbécile a déclaré cela, ce matin, à la radio, dans une de ces interviews à rallonge que les comédiens se croient obligés de donner pour la promotion d'une pièce. De plus, la pièce en question ne me paraît pas inoubliable et le seul énoncé de l'auteur, qui multiplie les fadaises à la mode en ce moment, me fait bondir. «*Au service de l'auteur*», d'accord, mille fois d'accord, quand il s'agit d'un grand dialoguiste, d'un créateur incontesté, d'un verbe dont l'originalité et la puissance s'imposent : Molière, Audiard, Blier et quelques autres... Mais quand il n'y a pas d'auteur ? Quand le metteur en scène est nul ? Et quand l'ensemble de ce que vous jouez ressemble de plus en plus au naufrage du *Titanic* alors que vous-même n'avez jamais eu le physique de Leonardo di Caprio ? Eh bien, il faut inventer, car cette situation arrive plus souvent qu'on ne l'imagine dans la carrière d'un acteur. Impossible de citer des noms — j'ai une famille à nourrir ! — mais en cinquante ans de carrière, il m'est arrivé bien souvent de devoir formellement abandonner le «*service de l'auteur*». Il suffit parfois de quelques mots ajoutés ici ou là, de quelques expressions, pour apporter de l'émotion ou de la drôlerie dans un texte qui ne brille ni par l'une ni par l'autre. Les comédiens ne sont pas que des porte-parole, destinés à lire imperturbablement de la prose à haute voix. Ils doivent retrouver l'intention derrière les mots et parfois les exprimer autrement. Bref, ils doivent jouer la comédie.

Pour le rire, c'est encore plus difficile. Il faut lui donner le temps de s'installer, de respirer, avant d'exploser à la fin. Un comique est forcément un AUTEUR. Son interprétation, son imagination, sa création personnelle suscitent ou non le rire, au-delà du texte lui-même, surtout s'il est faible. On ne pouvait pas exiger de Fernandel, Bourvil ou de Funès qu'ils respectent l'auteur à la virgule. Toutes leurs géniales improvisations ont sauvé tant de films d'auteurs et de metteurs en scène !

19 août 2003

Marie Trintignant, frappée à mort dans un hôtel de Vilnius. Et ce déballage, insoutenable, où il est question de vies privées, d'intimité, d'amour, d'enfants. Que sait-on de la vérité entre ces deux êtres qui se sont aimés ? Lui seul, survivant de la catastrophe, connaît la réalité des faits qu'il portera, en conscience, jusqu'à la fin de ses jours. Est-ce une punition assez lourde ? Nathalie, ma fille, me dit que non. Et quand je vois, à la télévision, mon camarade Jean-Louis Trintignant pleurer si douloureusement son deuxième enfant, je partage profondément sa peine.

20 août 2003

Je regarde souvent la chaîne KTO, au grand dam de mon entourage qui en a ras le bol des reportages sur les monastères cisterciens et les messes retransmises depuis les environs de Rome. Mais je ne voudrais pas que cette chaîne intelligente devienne comme les autres, car l'Église a tendance à récupérer à tour de bras tout ce qui se présente : chanteurs en promotion, couturiers en mal de spiritualité, tous devenus subitement mystiques. J'ai déjà vu Gérard Depardieu lire saint Augustin à Notre-Dame — pourquoi pas —, mais il ne faudrait pas que KTO donne ainsi l'absolution aux mécréants du Tout-Paris...

2 septembre 2003

On pourra toujours critiquer André Bourretier, mon voisin de la rue Guynemer, qui a volé, tué, peut-être pire encore... Mais il m'a prêté de l'argent à des moments difficiles de ma vie. Et je serai toujours de ses amis.

23 octobre 2003

Dans *Nice Matin*, un journaliste qui a vécu le procès Dominici accuse le film de TF1 de tronquer la vérité : «*Le patriarche était coupable*», titre le journal, comme si des faits nouveaux, des éléments époustouflants inconnus à l'époque, accusaient soudainement le Vieux. Longtemps après les faits, la France se divise encore autour de ce fait divers. Je n'imaginais pas que douze millions de téléspectateurs regarderaient cette fiction. Moins encore qu'un débat s'ouvrirait dans le pays sur la culpabilité d'un homme qui a pourtant été gracié par le chef de l'État à une époque où cette demande n'était pas banale et difficile à obtenir. Peu m'importe, au fond, toutes ces pseudo-enquêtes, plus ou moins argumentées, qui ne sont que la confrontation d'« intimes convictions » en l'absence de preuves irréfutables. Je suis un comédien, pas un juge, encore moins un procureur. Si j'ai décidé de jouer « non coupable », c'est parce que rien de sérieux, de tangible, de définitif, n'a été réuni contre Dominici. Il a cependant vécu des années de tourments, de dénonciations, de détention aussi, alors qu'il n'aurait pas eu les mêmes ennuis s'il avait été un grand bourgeois ou un homme plus familier des tribunaux et des arcanes judiciaires. On m'interroge souvent sur l'intrigue policière de l'affaire, mais je me passionne beaucoup plus pour la morale du film. C'est une sorte de fable qui a des résonances dans tous les milieux : attention, l'erreur judiciaire menace tout le monde, les apparences sont peut-être contre vous, et chacun peut se retrouver demain mêlé à un drame qui le dépasse dangereusement ! L'acteur doit prendre parti dans une affaire pareille. Je n'ai pas procédé autrement dans *Docteur Petiot* ou *Garde à vue*. C'est une sorte de mystère de notre métier qui nous transforme inévitablement en avocat du personnage interprété. Il faut bien, par principe, choisir une option pour jouer la comédie. Et ces personnages-là ne me laissent pas indifférent, qu'ils soient monstrueux, fous ou montrés du doigt. Comment en sont-ils arrivés là ? Quel est l'état de la société qui a permis leurs crimes ? Qui sont leurs complices ? Tout cela ne crée-t-il pas un climat plus nuancé qui mérite autre chose que le manichéisme ambiant ? Si je crois à cette option, bref, si je crois à ce que je fais, il n'est plus difficile de jouer Dominici ou Petiot. Je suis comme un prédicateur qui croit en sa foi. Bien des acteurs que j'ai aimés dans le passé — Carette, Saturnin Fabre — défendaient quelque chose ou quelqu'un à travers le rôle. Ce sont des actes de foi. Des actes d'amour. Car les êtres les moins défendables sont des êtres humains comme moi. Et je ne peux pas condamner sans comprendre. Mais vouloir comprendre, n'est-ce pas déjà aimer ?

24 octobre 2003

Les journalistes ne sont pas très inspirés. Toujours les mêmes questions, suite à *L'Affaire Dominici*. «*Alors, vous faites de la télévision maintenant? Quelle est la différence avec le cinéma?*» Il faut avoir au moins fait l'école de journalisme pour interroger les gens de cette façon! Comme s'il y avait une différence entre le cinéma, le théâtre, la télévision, le cirque, le cabaret... et même l'artisan du coin! Aucune! Être sincère, bien faire son métier, ne pas se laisser aller à la facilité. Et un peu de mémoire, messieurs-dames, j'ai déjà joué à la télévision la vie d'Offenbach, le Bourgeois gentilhomme et quatre superbes téléfilms de mon ami Pierre Tchernia adaptés des nouvelles de Marcel Aymé!... Et un nombre incalculable d'apparitions avec Jean Poiret!...

25 octobre 2003

Cette histoire Dominici est en train de devenir un phénomène. À croire que ma carrière débute ces jours-ci : je croule sous les lettres, demandes de photos, dédicaces... Puissance de la télévision. Des millions de téléspectateurs d'un coup. Parmi eux, quelques critiques me touchent : «*Vous ne jouez pas Dominici, vous êtes Dominici.*» N'en jetez plus !

26 octobre 2003

Au fond, je ne suis jamais content. Je veux dire «professionnellement» ou «artistiquement». Ce film sur Dominici, par exemple, devrait me combler. C'est un triomphe populaire. Les producteurs sont aux anges. La chaîne repartirait bien pour une dizaine d'épisodes... Et moi, au lieu de savourer, de jouir du spectacle, de m'applaudir moi-même, d'encadrer les critiques favorables et de me repasser le film en boucle, je ne pense qu'à une chose, une seule : les quelques scènes, assez drôles, qui ont été coupées au montage. Je n'arrive pas à m'en foutre. Je sais bien qu'il faut jouer le jeu, «qu'on ne peut pas tout garder au montage», qu'il faut rythmer l'action, sélectionner, effectuer des choix «douloureux». Je sais tout cela. Mais je regrette ces scènes qui n'auraient pas nui à l'intensité du drame, à la longueur du film, à sa compréhension, et auraient permis de mieux saisir la complexité et l'humanité du Vieux. C'est une frustration qui me tenaille souvent à la projection d'un film où certaines de mes tentatives ont disparu au montage. La fantaisie n'est pas comprise, appréciée, ni même tolérée. Pourquoi mes plus grands souvenirs de comédien appartiennent-ils le plus souvent à des films qui n'ont pas marché ? Ce que j'ai fait de mieux, dans toute ma carrière, est peut-être dans le dernier film de Mocky, *Le Furet*, dont la presse, ce matin, commence à parler en bien. Les journaux écrivent : «*Jacques Villeret et Michel Serrault s'amusent dans ce film comme des collégiens.*» Mais en fait, nous travaillons, nous imaginons, nous tentons d'inventer à chaque prise quelques belles trouvailles. En sachant pertinemment — et cela change tout — que Jean-Pierre Mocky les respectera, car il est le premier spectateur enthousiaste de l'interprétation, au vrai sens du terme, de **ses** comédiens.

On ne peut pas rire de tout, systématiquement, mais pourquoi ne pas donner au personnage, même dramatique, toute sa dimension humaine ? Donc, son intensité drolatique, par moments. Les pires circonstances et les hommes les plus austères peuvent déclencher le rire. On rit parfois dans un enterrement. Pourquoi les metteurs en scène sont-ils autant fermés à ces situations inattendues ? «*Non, Michel, ce serait trop complaisant.*» Combien de fois ai-je entendu cette remarque dans la bouche d'un réalisateur ! Je joue malgré tout, en conscience. Et le couperet du montage tombe comme une guillotine qui me rappelle la Terreur.

28 octobre 2003

Intermittents du spectacle. La formule est épouvantable. Ils devraient surtout manifester pour changer cette appellation administrative qui est, en soi, une forme de mépris. D'un autre côté, comment ne pas accepter le risque inévitable de notre métier d'artiste ? Difficile de justifier l'étrangeté d'un système qui permet à quelqu'un de travailler quelques jours par an et de bénéficier d'une protection financière annuelle. Ai-je le droit de dire que certains figurants de cinéma refusent de tourner trois jours dans un film « pour ne pas perdre les Assedic » ? Combien de faux artistes profitent du statut d'intermittent du spectacle pour bénéficier du système ? Je suis naturellement solidaire de toutes les victimes des injustices, et il y en a dans mon métier, mais il y a aussi des imposteurs sans talent qui fragilisent la protection sociale du plus grand nombre. Combien de poètes ne parviennent-ils pas à vivre de leur création ? Et combien de peintres couchent-ils sous les ponts car rien n'est prévu pour eux ? Un artiste court ce risque, celui de déplaire, celui de ne pas vendre, celui d'être libre aussi.

Imaginons un peintre qui viendrait frapper à la porte des ministères : « *Cela fait trente ans que je peins. Je n'ai jamais vendu un tableau. Pourrait-on me donner quelque chose ?* »

29 octobre 2003

M. Raffarin interdit à ses ministres de participer à des émissions de télé-réalité. Il a raison. Plus les hommes politiques se cacheront, plus ils plairont.

30 octobre 2003

Un imbécile heureux, c'est bien, c'est humain, c'est même parfois magnifique. Mais un imbécile malheureux, c'est épouvantable. Il faut se battre pour rendre heureux les imbéciles. Cela changerait tout.

31 octobre 2003

José Bové est l'invité de l'émission « 100 minutes pour convaincre ». Il n'est pas antipathique. Le maïs, les cultures transgéniques, l'industrie agricole, tout cela le passionne au point de se mettre en danger et d'aller en prison. Scientifiquement, il n'y connaît rien. Moi non plus. Quant aux scientifiques, ils sont capables de mentir comme des arracheurs de dents et de nous faire manger des saloperies, en toute connaissance de cause. Qui croire ? Dans le doute, je me remets au jardinage et au potager.

★★★

L'Amérique n'a pas fini de se prendre pour le maître du monde. Alors qu'elle a du mal à imposer ses vues en Irak où des attentats font chaque semaine de nouvelles victimes dans ses rangs, voilà que la Californie élit Arnold Schwarzenegger au poste de gouverneur. Bové contre Schwarzenegger, le monde des « Guignols » est en marche...

1ᵉʳ novembre 2003

La Toussaint et ses cortèges de chrysanthèmes. Je n'aime pas les processions dans les cimetières. Les gens que j'ai aimés sont dans ma tête et dans mon cœur plus que dans ces lieux sinistres. J'y suis allé, bien sûr, dans un moment de cafard. Mais s'y retrouver à chaque fête de la Toussaint, à date fixe, comme on se souhaite la bonne année, n'est pas du tout mon truc.

Pourtant, je préfère la terre à la crémation. Je ne comprends pas le souhait des gens qui choisissent l'enfer des flammes comme dernier rendez-vous. Et toutes ces cendres, qu'il faut balayer, c'est pour les femmes de ménage !... Non, je préfère l'idée de disparaître dans la terre. Ne compliquons pas les choses. Restons simples. Pas d'exigences folles : « *Dispersez mes cendres au-dessus de la Comédie-Française !... Plongez mon corps dans une lagune d'Amazonie !... Transportez mon cercueil sur un char d'assaut !...* » Ridicule, prétentieux, assommant. Et ces familles qui se retrouvent alignées devant le crématorium. On a l'impression qu'elles souhaitent éliminer tout ce qui gêne : brûlons tout cela... Un jour, on se débarrassera des cadavres dans les poubelles et on les ramassera le matin.

2 novembre 2003

N'en déplaise aux blasés, la mesure de béatification de Mère Teresa revêt une forte portée symbolique. Et d'abord pour l'Église elle-même. Il n'est pas inutile de rappeler aux ecclésiastiques leur devoir fondamental : s'occuper des pauvres ! J'en ai assez de tous ces débats stériles sur l'euthanasie, le rôle des homosexuels, le droit à ceci ou à cela. Bien sûr, l'Église doit rester constamment ouverte aux problèmes de société et ne pas se refermer sur elle-même. Mais son premier objectif, ce qui devrait guider tous les religieux, les prêtres, les évêques, les cardinaux, c'est de se mobiliser et de mobiliser les chrétiens pour assister les plus démunis, les malheureux, les pauvres ! C'est le message de Mère Teresa. C'est aussi celui du Christ ! La plupart des princes de l'Église ont oublié cette évidence et fréquentent les salons. Quant aux catholiques, ils feraient mieux de se conduire plus généreusement plutôt que de mépriser les autres. Au lieu de suivre l'exemple des planqués de l'Église capables de disserter des heures sur trois phrases de la Bible, les hautes autorités spirituelles devraient donner l'exemple. Le Père Pouget, que je cite souvent en référence, répétait intelligemment : Appliquez ce qui est écrit dans l'Évangile, ni plus... ni moins !

3 novembre 2003

Je me demande ce que les premiers spectateurs vont penser du *Furet*, le dernier film de Jean-Pierre Mocky. Je n'ai jamais joué un personnage aussi laid, pathétique, grotesque finalement. C'est un vrai bonheur. Je me souviens de la première lecture du synopsis de Mocky. Tout paraît bancal, à se demander ce que je vais jouer là-dedans J'interroge le metteur en scène : «*Ben, Michel, c'est vous qui jouerez le mec, là, vous voyez bien, c'est une évidence...*» Effectivement, où ai-je la tête ? Les choses vont d'ailleurs s'arranger d'elles-mêmes chez le loueur de costumes où je suis prié d'aller chercher les vêtements du personnage. Avec Mocky, le budget est toujours serré : pas de styliste, pas de costumière, et très peu d'argent. On se débrouille comme on peut, lui et moi, au milieu des centaines de frusques d'un loueur qui a l'impression d'avoir affaire à des collégiens préparant un bal masqué. «*C'est un ancien spahi*, précise Mocky, *il pourrait très bien porter ce manteau blanc en zibeline...*» Il me semble en effet que rien n'est vraiment incompatible avec l'histoire que je ne maîtrise pas tout à fait. «*Le vrai problème, Michel, ce sont vos cheveux blancs. Il faut changer de tête, on voit toujours la même au cinéma...*» En plein tournage de Dominici, il m'est difficile d'en modifier la couleur. Mais les accessoires vont sauver la situation. En plus du manteau en zibeline, des guêtres de spahi, me voilà affublé d'une chéchia tunisienne... Il est convenu que je me teindrai les cheveux au charbon noir juste au-dessus des oreilles. Seules les mèches qui dépassent de la chéchia sont concernées, ce qui me permet de garder sa blancheur au reste de la coiffure nécessaire à *L'Affaire Dominici*. De plus, le «noir» s'enlève facilement avec de l'eau. Mais ce qui devait arriver arriva : contraint de saluer une dame, dans le film, en ôtant mon chapeau surréaliste, je dévoile brutalement mes cheveux blancs alors que dépassent des mèches noires au-dessus des oreilles ! Comme si le personnage, trop avare, n'avait fait teindre que ce qui se voit ! Et que fait Jean-Pierre Mocky ? Il conserve évidem ment cette scène au montage ! Une scène folle qui aurait fait pâlir Claude Sautet et beaucoup d'autres metteurs en scène, y compris de films «comiques», pour lesquels on ne peut pas rire de tout et avec tout.

Ce genre de situation fait évidemment mon bonheur qui s'ajoute à d'autres, plus inattendues les unes que les autres, comme lorsque j'esquisse un signe de croix musulman dans une chapelle en chantant un Ave Maria très exotique. Ou ce chuchotement éraillé qui m'a pris, dès le début du film, comme la voix de Brando dans *Le Parrain*, autant de propositions, d'inventions, de parodies, qui, je crois, servent le film et que beaucoup de réalisateurs auraient refusées.

★★★

De manière générale, les acteurs ont peur d'être ridicules, d'en faire trop, et ils s'autocensurent. Il faut proposer et négocier — un mot que j'aime bien — avec le metteur en scène, car la surprise et le charme d'un film peuvent venir aussi de leur travail. Il vient de sortir en DVD une de mes plus anciennes prestations, avec une pléiade d'acteurs : *Quand épousez-vous ma femme ?* — Je n'ai jamais vu des comédiens en faire autant ! Et cependant, quelle fraîcheur ! Quel bonheur de voir jouer des acteurs si différents en pleine osmose ! On se lâche, on improvise, avec l'idée que rien n'est vraiment très grave dans cette histoire et que l'avenir de l'art dramatique n'en sera pas compromis. Finalement, cela vieillit très bien.

Quand j'entends des comédiens dénoncer l'improvisation en la taxant de «cabotinage», je m'insurge. Qu'auraient été Poiret et Serrault sans l'invention, l'improvisation, l'inattendu de leurs prestations ? Ils n'auraient jamais existé. L'écrivain, le dramaturge, le scénariste écrivent assis, à leur table de travail. Le comédien, lui, écrit debout ! Gardons-lui le droit d'être un auteur, ou, de temps en temps, un coauteur...

4 novembre 2003

J'ai du mal à prendre le Dalaï-Lama au sérieux. Je le vois à la télévision, ces jours-ci, à l'occasion d'une de ses visites en France et je m'interroge sur le rayonnement de ce personnage. C'est un brave homme. Son sourire immense est sympathique. Mais dès qu'il s'explique, je ne comprends rien. J'ai l'impression que ce qu'il propose peut convenir à tout le monde, d'où le succès de cette philosophie facile, sans grande exigence. Une sorte d'hygiène de vie, une gymnastique de l'esprit, un passe-temps agréable en quelque sorte. Le fils de l'écrivain Jean-François Revel l'a rejoint depuis longtemps et il est un peu son porte-parole en France. Je ne le trouve pas plus convaincant. Le bouddhisme paraît une proposition comme une autre, animée par un grand chef scout qui veut rassembler toutes les religions. On peut être catholique, juif, musulman... et bouddhiste. Cela ressemble tout de même à un scénario plein de bonnes intentions pour un film raté.

5 novembre 2003

Ma femme, Nita, a beaucoup plus de dons que moi. Elle lit beaucoup — ce dont je suis incapable, hormis quelques ouvrages théologiques épuisants —, elle dessine et peint remarquablement, elle joue du piano et je n'oublie pas qu'elle était une excellente danseuse et une très bonne comédienne, élève de Le Goff,

comme moi, quand je l'ai rencontrée. Beaucoup m'interrogent sur notre complicité née
dès les premiers jours. On n'explique pas une
évidence. D'abord, c'est une femme de spectacle. Elle sait tout de notre métier. Sa mère
était danseuse, et elle s'est inscrite à seize ans
au cours Maubel, rue de l'Orient, où je l'ai rencontrée à dix-sept - dix-huit ans. Elle a été
Blue-Bell girl, elle a joué avec Robert Dhéry,
Françoise Dorin, Jean Poiret, et elle faisait partie de notre troupe. Sans doute n'avait-elle pas
vraiment la vocation de comédienne, même si
elle était excellente, puisqu'elle s'est arrêtée
progressivement. Mais son regard et son jugement sur les textes et les œuvres sont souvent
très justes. Elle se plaint : « *De toute façon, tu
ne tiens aucun compte de mon point de vue.* » Ce
qui est naturellement faux. Aujourd'hui, quand
je lui soumets un scénario qui vient de me parvenir, elle n'est plus très coopérative : « *Pose-le
là, je le lirai plus tard, je n'ai pas le temps !* » Ma
fille, Nathalie, est débordée elle aussi : « *Oui,
oui, je vais le lire.* » Heureusement, Gwendoline, ma petite-fille, vient parfois à ma res-
cousse. C'est elle qui lit les scenarii et me
conseille très judicieusement. Je n'aurais peut-
être pas joué *Le Papillon* si elle ne s'était pas
enthousiasmée pour cette histoire.

6 novembre 2003

Un commerçant me pose ce matin une question troublante, peut-être en me voyant un peu plus fatigué que d'habitude : «*Pourquoi continuez-vous à travailler autant, monsieur Serrault? Qu'avez-vous donc à prouver? Vous n'êtes pas lassé du cinéma?*» Comment lui expliquer que les gens me passionnent et particulièrement ce qui se niche au fond de leur âme — les assassins, les cocus, les simples d'esprit, j'adore... Comment se lasser quand on est curieux, comme je le suis, de tous ceux qui m'entourent et auxquels je peux parler des heures entières, simplement dans la rue. Il y a toujours du plaisir à désarçonner ses contemporains en montrant la vérité d'un pauvre chapelier qui, par bêtise, a zigouillé six ou sept bonnes femmes. Je me prends de passion, soudainement, pour la vie du savant Fontenelle qui tombe amoureux à quatre-vingt-douze ans et découvre les difficultés d'une relation sincère avec une jeune femme qu'il admire. Dans *Garde à vue*, ce qui m'a intéressé, ce n'est pas l'énigme policière en elle-même, c'est le fait que ma femme, jouée par Romy Schneider, me trahit sournoisement et me conduit à m'accuser. Dans *L'Affaire Dominici*, l'éclatement de sa famille, ses enfants qui en arrivent à le dénoncer, n'est-ce pas plus important que la mort mystérieuse des touristes anglais ? Voilà les méandres de l'âme humaine que les films ou les pièces de théâtre me permettent de disséquer. Il y a ces points communs dans tous les rôles que j'ai interprétés. Vouloir comprendre l'être humain. Il se révèle dans l'infraction, dans la passion, ou dans le crime. Et la fiction en dit plus long que toutes les leçons d'histoire naturelle.

Dans *Le Furet* de Mocky, il y a aussi cette dimension, même si le film est fantaisiste. Au moment de mourir, mon personnage crie « Vive la France ! » dans un hoquet pathétique et dérisoire, parce qu'il était jadis dans les spahis. C'est drôle, c'est triste, on ne sait plus. C'est humain. Aucun métier ne me permettrait un tel renouvellement, une telle implication, de telles sensations. Jusqu'aux prochaines découvertes que j'attends fébrilement...

10 novembre 2003

Je me demande parfois ce qui me pousse à continuer certaines amitiés. Je pense à cet ami artiste, sculpteur magnifique, qui n'a pas toujours été à la hauteur de ma confiance. Il a souvent dit du mal de moi, comme acteur, il m'a volé plusieurs fois, ce qui n'est pas très grave, mais pendant les trente années de correspondance échangée, ma femme et moi avons subi sans rien dire dix années d'insultes. Il s'est installé un jour à la maison avec sa femme et ses quatre enfants. Sa compagnie, même sympathique au début, est devenue peu à peu envahissante. Son chien mangeait les tapis. Il m'a finalement emprunté de l'argent. J'ai cédé, pensant qu'il irait s'installer ailleurs. Mais il a continué à s'imposer, dérobant des objets, des petits tableaux, le tout avec le sourire et une gentillesse débordante. Nous les aimions bien, ma femme et moi. Surtout ma femme, d'ailleurs. Je ne prétends pas qu'il y a eu quelque chose entre cet ami et ma femme... Enfin, je l'espère... Mais il faut reconnaître que cette famille — des amis de plus de trente ans, connus à la guerre — a pris possession petit à petit de notre espace. Impossible d'aller à la campagne, leurs enfants occupaient les lieux toute l'année. On les aimait beaucoup mais, tout de même, s'obliger à vivre vingt-quatre heures sur vingt-quatre avec des étrangers qui ne cessaient de m'insulter dans leurs lettres m'a paru un peu abusif. Même si j'ai connu cet ami au service militaire. Même s'ils ne sont jamais allés jusqu'à l'épreuve physique — je reconnais qu'ils n'ont pas levé la main sur ma femme ou moi —, leurs critiques permanentes, les disparitions d'objets, leur installation définitive chez nous, tout cela a créé une petite tension progressive. Un jour, ils m'ont traité de « con ». J'ai passé l'éponge. Puis, un soir, ils sont partis, les valises pleines, sans dire au revoir ni merci. On les aimait bien tout de même. Pourquoi raconter tout cela aujourd'hui ? Trente ans d'emmerdements avec des amis...

15 novembre 2003

En fouillant dans mes papiers, que j'ai beaucoup de mal à classer, je tombe sur cette lettre de Pierre Fresnay, cet acteur que j'ai tant admiré. Il écrit ceci, sans doute en prévision d'une impression dans un programme de théâtre :

« "Le style, c'est l'homme même" Buffon *dixit*.

C'est aussi vrai de l'acteur que de l'écrivain.
Michel Serrault est riche d'originalité. Il est aussi violemment contrasté. D'où la vive couleur, le pittoresque et la souplesse de son style d'interprète.

Pourtant l'inquiétude est en lui.
Considérant ses succès, on s'en étonne. On s'en réjouit pour leur durée.
Oui, l'inquiétude : voyez son œil mobile et comme aux aguets ; pour se rassurer il affirme presque excessivement. Et puis il éclate de rire de son abusive assurance... et rentre dans son

inquiétude. Tendre avec douceur (en famille surtout), ses colères au théâtre peuvent devenir tumultueuses et agressives. Subtil et vif à tout saisir, il garde une vraie ingénuité mais traversée de quelques éclairs de ruse.

L'instinctive intuition détermine ses choix et ses décisions. Mais sur les données qu'il en a reçues il raisonne avec la rigueur d'un géomètre.

Allez donc expliquer cela!!

À travers tant de contradictions, émanent de l'homme un pittoresque et un charme irrésistibles qui, à peine transposés, deviennent les éléments de son comique qui n'est comparable à aucun autre sinon, mais de loin, à celui de Victor Boucher.

Aussi n'éprouve-t-on aucune surprise à apprendre que quand le désir lui vint de devenir "l'homme de spectacle" son premier rêve fut d'être clown. (La sonorité de son rire en scène reste un peu parfois l'écho de celle d'un clown, et aussi, par instants, la façon dont il place, haute, la voix.)

Mais il n'existe, hélas, pas d'école pour les clowns. Il faut pour accéder à cet emploi être né au cirque : Serrault dit : "Avoir, enfant, respiré le cirque." Ce n'était pas son cas : il se résignera donc à recevoir un enseignement classique mais en refusant dès l'abord toute soumission à la tradition.

Certes, la qualité du thème d'un spectacle importe pour Michel Serrault comme pour tous les acteurs et il convient aisément de ce que jouer une bonne pièce est préférable à jouer un navet. Mais il n'exclut pas la possibilité de faire un succès sur un simple bon thème, à condition qu'il permette et suffise à inspirer à ses interprètes "une humeur de jeu théâtral".

Combien en a-t-il fait triompher de cette manière... et de tout récents.

"Humeur de jeu" est une expression qui revient fréquemment dans sa bouche.

Pour être sûr de ne jamais se trouver obligé d'abandonner les principes de non-conformisme auxquels il est farouchement attaché, il a pris, dès le départ, avec Jean Poiret, d'abord son camarade et très vite son ami intime, la précaution de se réserver en commun, par le succès, l'inappréciable ressource, quand ils le souhaitent ou le jugent opportun, de redevenir leurs propres auteurs.

On sait à quel succès ils atteignirent ensemble dans ce domaine.

Cependant, je dois à la vérité d'affirmer — même si cela leur déplaît à tous les deux — que le meilleur personnage de sketch humoristique, qu'entre tant d'autres j'ai vu incarner à Michel Serrault, s'est présenté à nous à la Michodière dans le bureau d'Yvonne Printemps, "elle et moi" étant les seuls spectateurs enchantés.

Il s'agissait, entre lui et nous, de discuter les conditions financières qu'il souhaitait obtenir pour l'interprétation du principal personnage de *Gugusse* de Marcel Achard.

Dès le début de l'entretien, son visage prend une expression fermée, indifférente : désintéressement absolu, sérénité lointaine.

Nous nous appliquâmes à lui exposer les difficiles conditions d'exploitation de cette pièce (impassibilité et silence persistants).

À deux voix successives, nous lui fîmes une première proposition (même jeu de sa part). Une seconde (même jeu). Une troisième (même jeu). À la quatrième, son visage s'épanouit.

Nous comprîmes que c'était là qu'il voulait en venir. L'accord se fit, que nous n'avons pas regretté, ni pour le sketch en lui-même, ni pour la suite de nos rapports.

Pierre Fresnay »

Il a tout compris.

2 janvier 2004

Un confrère metteur en scène, plus méchant que moi, veut créer une association pour libérer la télévision de l'omniprésence, sur tous les plateaux, dans toutes les émissions, d'un acteur que je ne peux pas nommer ici par charité chrétienne. Ses arguments sont convaincants et il sollicite mon parrainage :

— Il se prend pour Jean Poiret, qu'il imite outrageusement.

— Il joue mal, très mal même, il a mauvais esprit, de mauvais amis, et de mauvais jugements.

— Il donne des leçons de morale à la terre entière, se dit humaniste, militant politique, mais n'oublie jamais son intérêt personnel.

— Il est fait pour les tournées de sous-préfecture où sa fausse élégance de parvenu peut épater les casinos.

— On ne le sollicite jamais en vain ; il a un avis sur tout, toujours dans le sens du vent.

Je ne l'ai pas reconnu immédiatement, car ils sont peut-être quelques-uns à correspondre à ce portrait un peu sévère. Puis, petit à petit, en quelques secondes, un visage d'imbécile heureux m'est clairement apparu. J'adhère sur-le-champ à cette association virtuelle.

3 janvier 2004

Il paraît que je vis ma carrière comme une vocation. Je vais finir par le croire en mesurant le nombre de gens qui m'écrivent pour que je les aide. Cette relation avec les autres est très mystérieuse. Je suis pourtant discret, pudique et grave la plupart du temps, et je suscite les confidences de nombreux inconnus bien malgré moi. On pleure même sur mon épaule : «*Je vais vous avouer quelque chose, je suis très mal payée, on m'exploite…* », me confie une employée d'hôtel, «*… et en plus, j'ai une fille à aider à Marseille*». Me prennent-ils pour le curé que j'ai failli devenir ? Ou bien le suis-je resté un peu sans m'en rendre compte ? Sans parler des autres comédiens qui s'épanchent, parfois, quand un tournage se termine. «*Quand allons-nous nous revoir, Michel ?*» sanglotent-ils, m'entraînant avec eux. Enfin il y a les lettres bouleversantes de gens séparés, seuls au monde. Et les larmes, touchantes, de ceux qui ont perdu un enfant. Que faire ? Que leur dire ?

★★★

Une critique m'amuse dans un journal du matin :
«*… que vient-il faire dans cette galère ?*»
Comme si les comédiens n'étaient pas avertis

avant les autres, avant les journalistes eux-mêmes, de l'échec d'un film raté ! La plupart des acteurs ne sont pas des imbéciles. Aux premiers rushes d'un film, et souvent pendant le tournage lui-même, ils prennent conscience de l'indigence de ce qu'ils sont en train de tourner. Que faire, à ce moment-là, sinon son métier ? Un acteur doit jouer, travailler, gagner sa vie. « *Comment a-t-il pu tourner ceci ou cela ?* » critiquent les puristes, quelques années plus tard. Facile ! La lecture d'un scénario et la réputation d'un metteur en scène peuvent tromper le plus vigilant des professionnels. Une fois le contrat signé, les premières scènes tournées, sa possibilité de changer le cours des choses est très faible. Et l'association de plusieurs grands noms dans un projet sérieux en apparence n'est pas la garantie d'un chef-d'œuvre ! Je réclame donc l'indulgence pour les comédiens égarés... ou trompés.

4 janvier 2004

D'où vient ce goût de restaurer les maisons ? Je me suis consacré plusieurs fois dans ma vie à ressusciter une bâtisse aux murs un peu délabrés, à refaire les parquets, à retrouver des cheminées bêtement abandonnées, à redonner une personnalité à un manoir ou à une ferme que les années ont abîmés. En ce moment, tout ce que je gagne — et parfois au-delà — passe dans la restauration de la maison de Honfleur où je vais souvent me reposer. Peut-être que ce ne sera pas la dernière tant il me vient d'autres idées d'habitations plus simples, perdues au cœur du Cantal où est né mon père. Ce serait peut-être une maison en pierre, dans cette Auvergne authentique et austère, où les paysages sont magnifiques. J'aime faire abattre une cloison du XIXᵉ siècle pour découvrir un mur du XVIIᵉ qui ne demande qu'à respirer, faire sauter un faux-plafond minable pour mettre au jour des moulures anciennes, bref libérer une construction des parasites et du mauvais goût qui l'ont envahie au fil des années...

Il en va de même pour moi. Je me « restaure » comme je restaure les maisons. Je n'ai jamais cessé de jouer la comédie depuis cinquante ans, centré sur ce métier qui m'a passionné, mais laissant de côté, comme oubliés, mes goûts pour la musique, la poésie, la peinture. J'ai envie de passer des journées à écouter de la grande musique, de visiter des expositions, de voyager, de traîner dans quelques musées à côté desquels je suis passé. Sans doute ai-je laissé au fond de moi des dons en friche que j'aurais pu exploiter. Il n'est pas trop tard pour les réveiller, les apprivoiser, les libérer aussi. C'est le même enthousiasme pour la «restauration» qui me reprend. Faire tomber les cloisons et soulever un parquet pour découvrir quelque richesse possible et lui redonner vie.

8 janvier 2004

Je viens de me faire piéger par des Italiens, très sympathiques, qui ont décidé de me «rendre hommage». Voilà plusieurs semaines que je me creuse la tête pour savoir quel film il faut projeter ce soir-là après le dîner d'honneur tandis que les cinémas de Rome programmeront plusieurs œuvres de metteurs en scène italiens dans lesquelles j'ai joué. Par expérience, je me méfie des «hommages» et de ceux qui les orchestrent dont la sincérité n'est pas toujours très grande. Ainsi à Cannes, il y a quelques années, on m'annonce que le Festival prépare un «*hommage à Michel Serrault*». Il faut être prêt dans huit jours pour superviser un montage fait d'archives et d'extraits de films qui constituent un portrait «*à ma gloire*». Les dirigeants du Festival insistent : «*Si vous ne venez pas, ce sera dramatique. Le Festival est une institution. On ne peut pas traiter cela à la légère, etc., etc.*» Sauf que huit jours me semblent beaucoup trop courts pour préparer un petit documentaire sérieux et que je ne comprends pas pourquoi une organisation si importante que le Festival de Cannes n'a pas pris plus tôt ses précautions. J'hésite à donner mon accord quand je rencontre trois jours plus tard Philippe Noiret qui m'annonce tout de go : « *Quelle plaie ! Il faut que j'aille à Cannes. On doit me rendre hommage et je dois superviser un court métrage à toute vitesse !...* » Je comprends que ces gens-là ont plusieurs fers au feu. Et je décline aussitôt l'invitation...

J'aurais dû faire la même chose avec Rome. J'ai peut-être perdu mon temps. Mais j'aime les Italiens, leur chaleur, leur cinéma, leur cuisine, et je garde d'excellents souvenirs de tournage, de rencontres aussi, dans un pays qui m'a toujours accueilli avec enthousiasme. De ce point de vue, mes hôtes sont irréprochables. Prévenants, chaleureux, généreux dans leurs démonstrations. Je ne sais toujours pas bien ce que je fais là, à l'invitation de qui, pour recevoir quoi, mais j'en accepte l'augure avec curiosité. On m'a demandé, il y a quelques jours, de faire parvenir la liste des invités que je souhaiterais voir au dîner au cours duquel je serai décoré. On m'annonce la présence de plusieurs autorités italiennes. De diplomates français. De « stars » de notre métier.

Je me moque un peu de tout cela, seule la perspective de retrouver Rome et son atmosphère particulière m'enchante. Tant mieux, car, pour le reste, c'est la Bérézina : le metteur en scène Comencini, que j'adore, n'a pas pu venir en raison de son grand âge, l'attaché culturel français a été rappelé à Paris la veille, Roberto Benigni s'est excusé, malade, et la plupart des personnalités pressenties sont en voyage aux Indes. Un vrai fiasco. Je dois serrer des dizaines de mains de gens sympathiques, en apparence, dont j'ignore le nom et la profession. Je tente de faire bonne figure dans un dîner officiel au cours duquel on me décore de je ne sais quoi. Dans mon discours, j'évoque les films italiens qui m'ont marqué, Fellini, évidemment, que j'ai rencontré et vénéré, et notre *Cage aux Folles*, dont le film doit tout aux Italiens, Comencini, avec lequel j'ai tourné, et même les Fratellini dont je me suis un peu inspiré. Les journalistes italiens me mitraillent de questions. On me remet une récompense, probablement un gros caillou du Vésuve ou quelque chose d'approchant.

Mais le revers de cette médaille un peu ennuyeuse est très agréable : on m'a installé dans la suite magnifique d'un palace somptueux, où Nita et moi ne savons pas quelle salle de bains choisir tellement il y en a. Le style du restaurant est similaire : on décante le vin au-dessus d'une bougie pendant vingt minutes avant de tenter de le boire. Et les retrouvailles avec Rome sont réconfortantes. Hormis « *Cinecitta* » devenue maintenant un grand plateau de télévision, Rome n'a pas vraiment changé. Je retrouve les parfums des trattorias d'autrefois, la magnifique place d'Espagne et — surprise — quelques films avec moi à l'affiche des cinémas. Sur ce point, mes amis italiens n'ont pas menti. Je retournerai tourner ici.

10 janvier 2004

J'aime beaucoup Darry Cowl. Il est « nommé » pour les prochains César et j'espère qu'il l'aura. Voilà un comédien avec un univers personnel, un humour si particulier, une originalité totale dans le jeu. Et son autodérision m'enchante aussi. En apprenant que la cinémathèque allait lui rendre hommage dans une rétrospective, il a déclaré : « *Ils ont dû se tromper !* »

★★★

Quand un scénario m'agace, je peux être très violent. Je tente de le lire, je suis vite déçu, et avant même d'aller plus loin, s'il ne m'a pas accroché dès les premières pages, je suis in-contrôlable. Je le jette en l'air. Je le piétine trois ou quatre fois, et c'est terminé ! Pareil pour une mauvaise pièce de théâtre. Je la piétine. Je pourrais bien à la rigueur accepter quelque chose de moyen pour l'argent, mais je refuse d'être complice d'une imbécillité. Je me venge ainsi physiquement sur le texte.

11 janvier 2004

Parce que j'ai accepté de passer le réveillon de Noël au musée des Arts forains parmi les SDF réunis par des associations caritatives, sous la houlette du Père Alain de la Morandais, on ne cesse de m'arrêter dans la rue pour me féliciter. Je n'ai pas l'impression d'avoir fait quelque chose d'héroïque. Je ne me suis pas fendu : j'ai lu un conte de Noël, écrit par le prêtre, et j'ai partagé leur repas modeste. Mais les journalistes stupéfaits par cet acte «*étonnant*» ont multiplié les papiers et les photos sur cette soirée «*pitto-resque*». Je comprends que Lady Diana se soit fait une spécialité dans les interventions huma-nitaires, c'est le succès médiatique assuré ! Plus sérieusement, la nuit passée avec tous ces laissés-pour-compte m'a marqué. Je sais, comme tout le monde, que les malheureux existent, les vrais, les pauvres, les malades, les handicapés mentaux sans ressources, ceux qui n'ont aucune famille, aucun ami pour passer le réveillon de Noël dans une période où les vitrines des magasins regorgent de biens, de paillettes, de boustifaille provocante. Mais je n'imaginais pas que leur désarroi, leurs angoisses, leur fragilité étaient à ce point. Le Père de la Morandais a été l'aumônier des hommes politiques. Il a publié des livres. On le voit beaucoup à la télévision. Il est, en apparence, plus à l'aise dans les conversations de salon que dans la distribution de soupe populaire. Eh bien, c'est une erreur. Cet homme-là sait aussi consacrer une grande partie de son temps, notamment à la gare de Lyon, aux pauvres gens de toute sorte. Il y avait mille cinq cents personnes à cette soirée, tous plus malheureux, patibulaires, éclopés les uns que les autres. Et La Morandais, disponible, à l'écoute, généreux, tentait de soulager tout ce quart monde. Un autre Père dominicain, impressionnant d'aplomb et d'humanité, leur parlait à voix basse, pour les rassurer, leur caressait la joue, comme on chuchote à l'oreille des chevaux. Ces hommes et ces femmes ont perdu tout repère, tout lien avec la société, et il faut presque les apprivoiser à nouveau en leur disant tout simplement qu'on les aime. Beaucoup m'ont embrassé, m'ont pris le bras avec une telle chaleur que je me suis vite senti des leurs, parta-

geant leur joie de vivre dans cette soirée inoubliable, pour eux comme pour moi.

Ironie du sort : le lendemain, dans les rues
de Neuilly, mes concitoyens m'ont apostrophé
comme un héros des temps modernes : « *Bravo,
monsieur Serrault ! C'est bien qu'il y ait eu quelqu'un de chez nous chez les SDF le soir de
Noël !...* » En somme, j'ai inconsciemment
dédouané les beaux quartiers.

12 janvier 2004

Les personnalités préférées des Français. Le
fameux sondage du *Journal du dimanche*, qui
classe par ordre de préférence les comédiens,
les chanteurs, les hommes politiques, et autres
grosses têtes de la société civile, fait l'objet
cette année d'une grande émission de télévision
animée par Michel Drucker. Il paraît que je suis
le premier comédien préféré des Français. Je
me retrouve dans les coulisses de l'émission
entre l'Abbé Pierre, Sœur Emmanuelle, Sardou
et tous les autres, plus ou moins chanceux.
Quelle foire aux vanités ! Quel classement dérisoire, même s'il est sympathique ! Peut-on
mettre sur le même plan un chanteur à succès,
un sportif olympique, une religieuse et un
ancien ministre ? Il ressort de cette bouffonnerie, à laquelle je participe comme les autres,

que Gaston Dominici a frappé les esprits. Sans ce film, en pleine actualité il y a quelques semaines, les Français auraient peut-être oublié jusqu'à mon existence ! Peu d'illusions, peu de désillusions...

13 janvier 2004

Personne pour s'offusquer des images de l'arrestation de Saddam Hussein ! Ma femme et moi sommes choqués, ce soir, par cet étalage indécent. Quoi, ce monstre, ce diable, cet ogre maléfique n'est-il plus un être humain, soudainement, pour qu'on le traite comme un animal nuisible en exhibant sa dépouille, à moitié droguée, encore vivante, avec sa barbe de clochard, sa bouche grande ouverte et ses yeux exorbités ? Et ces images passent et repassent sans arrêt, comme si l'on venait d'attraper la Bête du Gévaudan ! Pourquoi rabaisser pareillement un individu auprès duquel, il y a quelques mois encore, tous les chefs d'État de la planète, les ministres, les industriels, se faisaient dérouler le tapis rouge ! C'est une sale guerre. Et c'est une sale victoire ! M. Bush aura été élégant et raffiné jusqu'au bout... Et c'est lui le porte-drapeau de la démocratie, des droits de l'homme, de la justice internationale ! Pauvres de nous.

Je déteste le lynchage. Et je ne veux pas défendre ici le régime de Saddam Hussein. Je constate seulement que les États-Unis, la Grande-Bretagne et beaucoup d'autres de ses adversaires l'ont aidé, armé, soutenu financièrement — notamment contre l'Iran et contre les Kurdes — pendant des années. Aujourd'hui, on le traite comme une bête sauvage, poursuivie jusque dans son trou, avec des commentaires indignes. Le monde entier a aidé Saddam Hussein. Il ne possédait aucune arme de destruction massive. Mais ses partenaires d'hier veulent à tout prix diaboliser ce personnage sinistre. Pourquoi le montrer dans cet état-là et ne pas avoir attendu sa détention normale, en prison ? Quelle petitesse ! Quelle laideur ! J'ai honte, ce soir, de me trouver dans le camp occidental capable, sans retenue, de telles fautes.

J'ai imaginé, cette nuit, choqué par ces images, que les Américains avaient arrêté le sosie de Saddam. Ils mériteraient une telle bévue !

Quant à George Bush, je ne lui souhaite pas pareille mésaventure. Mais en cautionnant le reportage de l'arrestation du leader irakien, qu'il a bombardé sans interruption depuis des semaines, sans autorisation de l'ONU, il s'expose lui aussi, un jour, à un pareil traitement. Pour défendre les droits de l'homme, il faut d'abord les respecter. Y compris pour son pire ennemi. Qui sème le vent, récolte la tempête.

Les journaux nous apprennent que M. Bush avait programmé les bombardements sur l'Irak avant son élection à la présidence des États-Unis ! Avant même de connaître, donc, la réalité ou non des armes de destruction massive. Peut-être a-t-il voulu continuer le travail de son père, le venger en quelque sorte... À la télévision, il a l'œil méchant. Un peu faux-cul aussi. Il annonce qu'il veut consacrer des moyens énormes, démesurés, à la conquête de l'espace et à la découverte de la planète Mars. Pauvres Martiens ! Bon vent !...

15 janvier 2004

L'affaire du voile islamique à l'école fait un tintouin de tous les diables. Je vais encore me faire engueuler par les femmes qui m'entourent (Nita, Nathalie et Gwendoline), mais je ne comprends pas ce faux scandale entretenu par les hommes politiques et les médias. Dans tous les pays du monde, en Grande-Bretagne notamment, les religions cohabitent à l'école sans trop de problèmes : musulmans, anglicans, juifs, sikhs, catholiques... tous portent des signes «ostensibles» de leurs croyances et personne ne s'en plaint. Je reconnais que les déclarations hallucinantes de certain Imam sur la lapidation des femmes choquent à juste titre nos compatriotes. Mais ne confondons pas les extrémistes avec l'ensemble des musulmans. Et n'oublions pas que nous avons fait venir par centaines de milliers des ressortissants d'Afrique du Nord pour travailler en France à des tâches ingrates, difficiles, souvent humiliantes. Ne faisons pas semblant de découvrir aujourd'hui leur religion. Le respect de la laïcité ne doit pas conduire à l'intolérance. Dieu merci, il y a encore de quoi sourire dans cette affaire. Qui va définir, par exemple, un signe «ostensible», une croix, une kippa, un chapelet ? À partir de quelle taille seront-ils tolérés ? Va-t-on déléguer quelqu'un, à l'entrée des classes, pour mesurer les crucifix autour du cou ? et les piercings sur les sourcils ?

★★★

Une chose bizarre me surprend, ce soir, alors que je regarde la chaîne Mezzo : j'adore les concerts de grande musique à la télévision. Goût étrange puisque seul le son importe aux mélomanes. Je ne suis pas d'accord. En voyant le dernier concert de Georges Cziffra, je peux apprécier le travail du chef d'orchestre, la présence des musiciens, l'harmonie qui se dégage d'un tel ensemble dans l'espace. Et Vivaldi à la télévision, c'est tellement mieux qu'une série américaine.

★★★

La soirée se termine par une émission de télévision, sur une grande chaîne, qui reçoit autour d'une table de fausses personnalités, des chanteurs dérisoires et des comiques pas drôles. Le tout communie dans le rire gras et les compliments faciles. Dans le temps, le pétomane avait beaucoup de succès. Maintenant, ils pètent avec leur bouche !

17 janvier 2004

Quelle belle journée ! Réveil, ce matin, à 5 heures au chant des oiseaux. Clarté de ma chambre, douceur des draps, sérénité surprenante. Dès que mes yeux s'ouvrent, je m'interroge : vais-je aller faire pipi ou bien attendrai-je encore un peu ? Faut-il découvrir une première jambe tout de suite ou patienter une heure ou deux sous les couvertures ? Les grandes questions intérieures, les débats essentiels, tout ce

qui conditionne l'avenir de l'humanité se joue
à cet instant pour ceux qui se lèvent tôt.

18 janvier 2004

Mon chien est un briard, une race un peu
envahissante mais débordante d'affection. Voilà
trente-cinq ans que je suis fidèle à ces chiens et
je n'imagine pas vivre sans. Celui-là s'appelle
« O.J. » pour une raison évidente : « O.J. » sont
les initiales d'Orange Juice, « jus d'orange » en
français, car son poil est légèrement doré. Il fait
tellement partie de la famille qu'il compte avant
tous les autres quand il s'agit de déménager. Il
faut d'abord penser au chien : la maison sera-
t-elle assez grande pour lui ? Où va-t-il se
promener ? Va-t-il supporter le changement ?
Autant de questions qui m'empêchent de quitter mon domicile actuel depuis quarante ans.

19 janvier 2004

Je voulais tout savoir. Pourquoi Dieu a-t-il
créé l'humanité ? Que se passera-t-il après ?
Pourquoi nous abandonne-t-il à nos démons,
aux cruautés, aux génocides ? Je m'interrogeais
hier soir avec force, impossible de trouver le
sommeil. J'étais en colère. Je voulais com-

prendre. Je me suis adressé à Dieu avec véhé-
mence : «*Vous nous devez des explications !
Répondez, nom de Dieu, répondez…*»

Brutalement, Dieu le Père s'est adressé à
moi, généreusement, chaleureusement, sur le
ton d'un patriarche bon, bienveillant mais un
peu dépassé par les événements. Voici, en
quelques mots, ce qu'il m'a dit :
«*Écoute, Michel, ne te mets pas en colère
comme ça, je vais tout t'expliquer. Je ne suis pas
le monstre que tu crois, le "méchant bon Dieu",
et tu n'es pas le seul à te poser des questions sur
le sens de la vie. Ils sont là, dans le vestibule de
l'éternité, à attendre par millions, et parfois
depuis des dizaines d'années. Je n'ai pas le temps
de recevoir tout le monde personnellement. En
ce moment, des foules entières remontent vers
moi et depuis quelque temps c'est un embou-
teillage monstre d'âmes nouvelles qui débar-
quent par milliers. Il y a là-dedans des gens très
pressés. D'autres qui attendent depuis longtemps. Chacun son tour. Bien sûr, j'ai des explications à donner, mais il faut le temps. Certains
se sont interrogés toute leur vie et finissent par
entrevoir une solution quand, surprise, c'est le
début de la fin ! Leur prétention était trop
grande. D'ailleurs, disons-le franchement, moi
non plus, je ne comprends pas tout, je ne maîtrise pas tout, et je me suis même laissé un peu*

*dépasser par les événements de temps en temps.
Pourquoi Dieu serait-il le seul à n'avoir pas
droit à l'erreur ? »*

J'étais sidéré d'une telle franchise et je m'en-
hardis à le pousser dans ses retranchements.
Bien sûr que j'en sais, moi, un peu plus que
d'autres sur sa vie et son fils envoyé sur terre,
mais comment ne pas trembler pour Dieu, pour
la religion, quand tant de gens parlent en mal,
perdent confiance, se rebellent, montrent des
signes d'impatience de plus en plus violents ?
Moi, je crois en Lui, mais comment rassurer les
autres ?

*« Cher Michel, tu es un peu naïf. Et crois-tu
que je peux consacrer du temps à convaincre la
Terre entière ? Je vais te faire une confidence :
j'ai reçu l'autre jour un de ces audacieux qui
veulent tout savoir. Il m'expliquait que l'Église
n'a pas toujours su transmettre mon message
de façon claire. Il m'a posé une quinzaine de
questions, très précises, très "humaines", sur le
sens des choses et les tenants et aboutissants de
la vie. J'étais bien incapable de lui répondre.
D'autant que toutes ces préoccupations sont
égoïstes, dérisoires, sans intérêt, au regard des
grands chantiers qui m'attendent. La vérité est
que nous sommes aux balbutiements d'un processus. Que sont tes pauvres soixante-quinze*

ans au regard de l'éternité ? Oui, c'est un début. Il y a des imperfections. Mais les difficultés que vous rencontrez en bas ne sont rien à côté des miennes, là-haut, depuis que cette aventure a commencé. Au départ, je l'avoue, les hommes ne m'intéressaient pas beaucoup. Les planètes, les étoiles, le soleil, oui, tout cela m'excitait énormément. Tu sais, tout est né de ma seule imagination ! Le ciel, les océans, les premiers paysages, c'était fascinant. Le tout sans architecte, sans décorateur d'espace, avec mon seul regard attaché à la beauté, à la sérénité, et à l'air pur, d'où la création rapide de l'oxygène... »

Soudain, des cloches sonnent furieusement, Dieu s'arrête.

« Excuse-moi, Michel, l'heure du thé... C'est sacré. À tout de suite... »

Un peu plus tard, il poursuit ses étranges confidences.

« Enfin, j'ai eu un peu la "grosse tête". J'ai voulu enrichir la création avec des végétaux, des animaux, et un jour, après une sieste bien méritée, je me suis lancé : si je créais les hommes ? C'est exactement comme cela que cela s'est passé, même si je simplifie un peu car j'ai

conscience de m'adresser à un esprit limité. J'ai créé les hommes pour ne pas rester seul, même si mon environnement était agréable. Je les voulais parfaits, irréprochables, généreux, sensibles, secourables, soucieux du bien commun et un peu de moi. Résultat : tout le monde m'interroge en bas, comme tu le fais en ce moment même, sur ses petits problèmes, les guerres, la pollution, les maladies, comme si moi je n'avais pas les miens, un peu plus graves, comme si je n'avais pas mes colères, légitimes, mes déceptions, justifiées, et comme si je n'étais pas porteur moi-même d'une question lancinante : ce que j'ai fait correspond-il à ce que je voulais ? Je suis redescendu sur terre, un jour, et ce n'était pas vivable. Depuis, sur le fond, rien ne s'est vraiment amélioré. J'ai expédié sur place des gens chargés de me représenter, mais ils ne sont pas toujours à la hauteur. Ils font ce qu'ils peuvent. Ce ne sont que des humains. Je ne peux pas en dire plus. J'ai du travail. Je suis débordé. Et des millions de gens attendent un monde meilleur... À bientôt, Michel... »*

Suffoqué et ébloui par ces révélations, j'interroge à nouveau le bon Dieu :

« *Mon Dieu, merci de tant de franchise. Je comprends mieux votre désarroi. Mais moi, à mon tour, est-ce que je peux faire quelque chose d'utile pour vous ? Est-ce que je peux vous aider ? »*

Et la réponse tombe, incroyable, de ce Dieu que j'imaginais tout-puissant :

« ... Oui, Michel, n'oubliez pas de prier pour moi !... »

5 février 2004

La musique est pour moi l'art suprême, la discipline majeure devant laquelle je m'incline. Bach et Mozart, même interprétés par l'orchestre symphonique de la Garde républicaine, qui m'a invité ces jours-ci, me paraissent au-dessus de tous les créateurs. On rêve, on est porté, on imagine ce que l'on veut, la liberté est totale. Je peux passer des heures à écouter de la grande musique et à tenter, avec mon modeste bugle, d'en jouer un peu...

1er mars 2004

Il y a partout des « récupérateurs ». Des gens dont le talent est moyen, l'imagination très convenue, et l'objectif commercial très clair :

refaire ce qui a été fait dans l'espoir de se remplir les poches. Comment définir autrement tous ceux qui puisent avec énergie dans le filon de *La Cage aux folles*? Quand nous l'avons créée au théâtre, avec Jean Poiret, nous ne savions pas qu'elle connaîtrait un tel succès, qu'elle tiendrait si longtemps l'affiche du théâtre du Palais-Royal et qu'on en réaliserait trois versions filmées! Ce n'était pas une satire agressive contre les homosexuels mais une comédie où l'émotion avait une grande place. Et surtout, c'était la première du genre sur un sujet sensible. Il n'y avait que des coups à prendre dans cette entreprise, et avant la première, beaucoup d'homosexuels célèbres, du monde du théâtre ou du cinéma, s'inquiétaient de nos intentions et du traitement qui serait réservé à un couple d'homos.

Les spectateurs ont très bien réagi, même ceux qui étaient directement concernés, et personne ne nous a blâmés. Mais que penser de cette multitude de films, de pièces, ou de comédies musicales qui déclinent avec plus ou moins de génie le même thème? N'y a-t-il pas, aujourd'hui, d'autres sujets «tabous», d'autres pistes à explorer, d'autres aventures humaines à traiter plutôt que de répéter à l'infini les mêmes situations?...

2 mars 2004

Un homme m'a abordé hier dans la rue avec l'air angoissé des habitués des tribunaux. «*Je n'ai pas volé, je n'ai pas tué, c'est un malentendu...*» Il m'explique que les éléments sont contre lui, que rien ne prouve sa culpabilité dans le dossier qui l'accable, qu'un homme de ma générosité, si humain, si «génial», doit comprendre sa situation, l'aider, intervenir pour lui... L'affaire a l'air plus compliquée qu'il ne le dit et surtout, surtout, je ne comprends pas pourquoi il s'adresse à moi. Je ne suis ni policier ni avocat, encore moins ministre de la Justice, et mes moyens en la matière sont très limités. En fait, je commence à découvrir l'objectif de mon interlocuteur. Il souhaite que son «affaire» soit l'objet d'un film. «*J'ai vécu une véritable injustice. Mon dossier n'est toujours pas rejugé. Il faut dénoncer cette erreur judiciaire...*» Il a vu à la télévision *L'Affaire Dominici* et, tout naturellement, il imagine que son affaire à lui, tout aussi importante, universelle, symbolique, fera l'objet d'une fiction dont je serai le héros. «*Vous avez joué Dominici. Vous pouvez jouer mon rôle. Il faut me réhabiliter! Je veux un nouveau procès!...*» J'ai le plus grand mal à conclure notre entretien, d'autant plus agaçant qu'il n'est pas le premier à me solliciter, depuis la diffusion de ce film sur TF1,

125

pour réclamer mon intervention dans un drame personnel. Si la société compte sur le cinéma pour remplacer la justice, on est mal barré...

3 mars 2004

On s'interroge beaucoup à propos de mon nez, dont la forme a un peu changé à la suite d'un problème de cartilages, une maladie assez classique dont j'ai oublié le nom. Un grand professeur de l'hôpital Saint-Louis me propose une opération pour reconstruire le nez. «*Je vous préviens, cela marche une fois sur deux.*» Devant si peu d'enthousiasme du médecin, je reste dubitatif. «*Et si on ne faisait rien, ce ne serait pas si mal?*» Il a l'air d'accord. En sortant de son cabinet, je tombe sur deux patientes au visage tuméfié qui ont subi une opération pour le même mal. «*On vous prend un morceau de cartilage dans la fesse et on vous le colle sur le nez. Évidemment, ça marche une fois sur deux... Sur ma sœur, cela n'a pas fonctionné...*» La dame a l'air traumatisé des personnes qui ont pris une porte en pleine figure. Je respire et me félicite de ma décision.

De toute façon, je suis hostile à la chirurgie esthétique. Je ne citerai pas ici le nombre de comédiennes méconnaissables après une intervention de cette nature. Il y en a même que je suis incapable de reconnaître à la ville tant leur visage a été modifié. Si ma femme voulait se faire tirer la peau, je serais décomposé. Pourquoi fréquenter les médecins et les hôpitaux quand rien ne vous y oblige ? Il faut accepter son âge. Rien de plus ridicule que les hommes qui se teignent les cheveux pour avoir l'air de bellâtres ! Dieu merci, je fais un métier dans lequel le maquillage est possible pour interpréter tel ou tel rôle. On me refait le nez, si nécessaire, pour un film. Pour d'autres — *Assassins* de Mathieu Kassovitz —, mon nez cabossé m'a été d'un grand secours.

4 mars 2004

La mode est aux vieux de la vieille et à la nostalgie. On redécouvre, à la télévision, Henri Salvador ou Juliette Gréco... Les hommages à Jacques Brel et à Édith Piaf se succèdent chaque semaine. Sans parler des résurrections opportunes de Claude François ou de Dalida.

Chacun ses vieux. Moi, je m'interroge toujours à propos de Raimu, Pierre Brasseur ou Michel Simon. J'ai croisé de temps en temps Michel Simon que j'admirais passionnément. Quel être mystérieux et secret ! Un neurasthénique qui avait probablement envie d'être aimé... Tout était vite dérisoire dans ses confessions. Un spécialiste de la pirouette pour mieux se dissimuler. Il n'était pas beau, c'est certain, et sans doute voulait-il effacer un peu la tristesse de la vie. «*Je vous présente ma femme*, m'a-t-il lancé un jour. *Je l'ai trouvée dans une poubelle!...*» Pourquoi disait-il cela? Pour faire rire? Pour jouer? Pour ne pas pleurer. D'autres monstres ne cessent de me hanter : Pierre Fresnay et Yvonne Printemps. Me revient ce souvenir hallucinant. Pierre Fresnay, ma femme et moi avions vidé quelques bouteilles et mélangé les vins les plus divers après le champagne. Au restaurant «le Louis XIV», place des Victoires, Fresnay était parti avec le pardessus d'un autre client. Arrivé joyeux, accompagné d'Yvonne, à leur hôtel particulier de Neuilly, surplombé d'un verger sur le toit, il tombe dans l'escalier. Yvonne se met à chanter des airs d'opérette en commandant du champagne à des domestiques qui ont quitté les lieux depuis longtemps!

«*Yvonne, je reviens*», hurle Fresnay en prenant l'escalier avant de s'affaler à nouveau de tout son long sur les marches. Désignant ma femme et moi qui assistons, médusés, à cette incroyable bouffonnerie, Yvonne Printemps dit à son mari de manière théâtrale : «*Ce sont mes enfants!*» Nous avons trente ans. Le lendemain matin, après cette nuit d'ivresse incroyable, il s'adresse à moi, vers 8 heures, alors que nous

nous sommes endormis sur un canapé, passablement éméchés nous aussi, avec une voix tout à fait normale, la voix de Pierre Fresnay : «*Alors, jeune homme, tout va bien ? Bien dormi ?...*»

5 mars 2004

Un journal à sensation — *Ici Paris*, je crois — écrit en gros titres : «*Michel Serrault effondré par la mort de son frère.*» On me découvre tout pâle en première page, affublé de lunettes noires sur une photo censée illustrer mon calvaire.

Quel est ce sinistre canular ? Le journal est affiché dans le kiosque de l'hôtel et, du coup, le réceptionniste de Quiberon se demande sur quel ton me parler. Faut-il me présenter des condoléances ? Ou prendre l'air indifférent et commercial ?

En vérité, une confusion s'est produite dans la rumeur qui est parvenue jusqu'aux journalistes. J'ai assisté, il y a quelques semaines, aux funérailles du Père Van Hamme, le prêtre qui a tant compté dans ma jeunesse, au temps du petit séminaire, et qui a accompagné les moments heureux et malheureux de toute ma vie. Peut-être ai-je dit à quelqu'un que je l'aimais « *comme un frère* » ? D'où l'invention du journal en question. Toujours est-il que j'ai été un peu déçu par la messe dans cette maison de retraite des vieux prêtres où il s'était involontairement retiré. Ils ont chanté assez pauvrement, sans orgue, en français. Un de ses amis a parlé de lui, un peu maladroitement, en disant : « *Il était brave, sympathique, un saint prêtre, même s'il avait sur la religion des idées simplistes.* »

Pourquoi « *des idées simplistes* » ?

Je n'ai pas compris. D'autant que la fin de sa vie n'a pas été très heureuse. Une dépression l'a frappé quand on l'a obligé à quitter son ministère, à quatre-vingts ans, alors qu'il était le vicaire dévoué d'une paroisse parisienne. Je n'ai pas pu m'empêcher de souffler à un chanoine, à ses obsèques : « *Vous l'avez tué en le virant de sa chapelle !* » Le religieux de la maison de retraite s'est offusqué : « *Ils sont bien soignés ici, qu'est-ce que vous croyez ?* », le tout sur un ton d'adjudant-chef.

Je n'oublierai pas le Père Van Hamme. Quand je le voyais, pauvrement vêtu, et que j'essayais de l'aider comme je pouvais en lui laissant un peu d'argent pour améliorer son ordinaire, lui qui s'était dévoué aux autres toute sa vie, je savais qu'il ne s'achèterait pas un nouveau manteau. « *Dès que vous repartez,* m'avait confié son bedeau, *il distribue l'argent aux SDF du quartier.* »

J'aime bien, moi, ceux qui ont des idées « simplistes » sur la religion.

6 mars 2004

Suis-je de droite ? Suis-je de gauche ? Il faut à tout prix se définir, c'est la tendance des entretiens avec les journalistes. On m'a encore posé ce matin la question. En y réfléchissant un peu, je crois que je suis un militant du bon sens, avec ses préférences. L'Église de gauche me plaît plus que l'Église de droite... Mais je n'ai pas l'habitude de choisir mes interlocuteurs selon ce classement un peu facile. Je ne divise pas les gens en « *hommes de gauche* » contre « *hommes de droite* ». Je me sens plus proche des croyants que des incroyants, surtout quand ils sont sectaires.

En fait, je suis d'accord avec l'évêque de Bruxelles, dont je viens de lire l'ouvrage : il faut être du côté des pauvres. C'est le seul parti à prendre. Je crois à la solidarité. Croire en Dieu ne suffit pas ! Il y a trop de chrétiens indignes de leur foi. Il vaut mieux un athée solidaire qu'un mauvais catholique qui ne fait rien pour les autres. Je préfère rester ouvert aux indivi-dus croisés sur mon chemin, curieux de leur histoire, de leurs problèmes, plutôt que de partir en pèlerinage à Lourdes. Des pèlerinages, j'en fais tous les jours, en ouvrant les yeux et les oreilles sur le monde qui m'entoure.

★★★

On va fêter, en mai prochain, les quatre-vingts ans d'Aznavour. Son spectacle, que je vais voir bientôt, est paraît-il impressionnant de rythme, d'énergie, d'audace. Sa voix lui est restée fidèle. Ses textes sont de vrais morceaux de comédie. Il m'émeut. Il est inégalable. Mon admiration pour lui et pour son œuvre est totale.

★★★

Croisé hier Élisabeth Quin, la journaliste spécialiste du cinéma. Je lui ai suggéré de me faire tourner dans des films ukrainiens, koweï-tiens ou lapons dont elle parle souvent. « *Ça me changera de mes imbécillités…* »

★★★

Le côté neurasthénique de Jean Poiret me revient parfois en mémoire. Il craignait la foudre, la guerre, la pollution… Un soir, il entend Michel Debré à la radio annoncer que les parachutistes vont arriver d'Algérie. Il part à toute vitesse, à soixante kilomètres de Paris, en pleine nuit, avec Françoise Dorin, se réfugier chez Jacqueline Maillan... Un autre jour, il apprend par la presse que la fin du monde est annoncée. Il s'enferme dans sa chambre et se bourre de médicaments pendant deux jours. Un aspect de sa personnalité que peu de gens connaissent et qui n'enlève rien au courage et à l'énergie qu'il pouvait dépenser pour soutenir un projet et soulever des montagnes.

7 mars 2004

Finalement, je suis un religieux. Ma vocation s'est déroulée contrairement à ce que j'avais prévu dans mon enfance, au petit séminaire. Je n'aurais pas pu respecter les vœux de chasteté et j'ai bien fait de renoncer à devenir prêtre. Mais il paraît que dans mon métier de comédien, dans mes choix, et même dans mon comportement quotidien, ma vocation s'exprime d'une autre façon. Peut-être que je suis resté curé *dans l'âme*. J'ai d'ailleurs gardé des tics de la vie monastique. Je dors mieux, par exemple, quand je fais le ménage ou la vaisselle auparavant. Même s'il n'y a que deux assiettes, deux verres et quelques couverts à nettoyer, cela me fait du bien. Cela m'apaise. J'aime tout effacer et repartir de zéro. Ainsi soit-il ! Allez comprendre...

Impression réalisée sur CAMERON par

BUSSIÈRE CAMEDAN IMPRIMERIES

GROUPE CPI

à Saint-Amand-Montrond (Cher)
en juin 2004

Mise en pages : Bussière

N° d'édition : 96/02. — N° d'impression : 042679/4.
Dépôt légal : juin 2004.

Imprimé en France